Neuf mois avec un Apollon

CHANTELLE SHAW

Neuf mois avec un Apollon

Traduction française de
BARNABÉ D'ALBES

AZUR

HARLEQUIN

Collection : Azur

Titre original :
NINE MONTHS TO TAME THE TYCOON

HARPERCOLLINS FRANCE
83-85, boulevard Vincent-Auriol, 75646 PARIS CEDEX 13
Service Lectrices — Tél. : 01 45 82 47 47 - www.harlequin.fr
ISBN 978-2-2804-6780-3 — ISSN 0993-4448

Composé et édité par HarperCollins France.
Imprimé en mai 2022 par CPI Black Print (Barcelone)
en utilisant 100% d'électricité renouvelable.
Dépôt légal : juin 2022.

FSC www.fsc.org MIXTE Papier issu de sources responsables FSC® C159065

Pour limiter l'empreinte environnementale de ses livres, HarperCollins France s'engage à n'utiliser que du papier fabriqué à partir de bois provenant de forêts gérées durablement et de manière responsable.

1.

— Je ne m'attendais pas à te trouver toute seule, cachée dans le noir.

Cet accent grec sur un timbre de velours… La voix masculine qui venait de s'élever derrière Lissa Buchanan fit courir un frisson sur sa peau. Inutile de se retourner pour savoir qui venait de la rejoindre sous le cèdre au fond du parc : depuis qu'elle l'avait rencontré, dans la matinée, Takis Samaras produisait sur elle un effet diabolique.

— Je te croyais encore en train de recevoir les hommages de ta foule de courtisans, sous le chapiteau. La plus belle femme présente ici aujourd'hui a attiré l'attention de chaque homme, sans exception.

— Je ne cherche pas à attirer l'attention ! se défendit-elle, irritée.

Elle détestait la réputation qu'elle devait à la presse *people* et aux réseaux sociaux. La fille égocentrique et superficielle ne songeant qu'à faire la fête n'était pas la vraie Lissa Buchanan. Pour autant, elle n'avait pas à se justifier auprès d'un inconnu – même il s'agissait d'un homme particulièrement captivant.

Comme le compliment faisait battre son cœur à coups redoublés, elle ajouta froidement :

— Et c'est ma sœur, la plus belle femme de la réception : c'est son mariage.

— Oui, Eleanor est une mariée ravissante, admit-il

d'un ton indifférent. Je suppose que c'est la raison pour laquelle Jace l'a choisie.

La tournure étrange de son commentaire la décontenança.

— Tu as l'air étonné que Jace épouse ma sœur, dit-elle en avançant d'un pas pour sortir de l'ombre.

Pour la première fois, elle croisa son regard. Rien n'aurait pu la préparer à la violente attirance qu'elle éprouva face à son charisme purement sexuel. Sous la fine soie de sa robe de demoiselle d'honneur, elle sentit ses seins se gonfler de désir. Son bustier se tendit.

La réception, après un mariage civil très simple, était donnée dans la somptueuse villa du marié à Thessalonique. Depuis que son beau-frère, Jace Zagorakis, lui avait présenté son témoin à leur arrivée à la mairie, le matin, Lissa se débattait avec les sensations grisantes que lui inspirait cet homme. C'était à peine si elle avait été capable de se concentrer sur l'échange de consentements de sa sœur et de Jace, tant elle était hypnotisée par Takis. Tout au long de la journée, cette inexplicable emprise s'était confirmée.

La séduction du colosse grec n'avait rien de conventionnel : aussi massif et spectaculaire qu'un Atlas de marbre, avec son visage finement ciselé, il exprimait en permanence quelque chose d'obscur et de menaçant. Les rares fois où elle l'avait vu sourire, elle avait été frappée par la grâce de ses traits sculpturaux, la luminosité de son teint méditerranéen. Coupés assez court, ses épais cheveux d'un noir d'ébène aux reflets d'or contrastaient avec le gris glacial de ses yeux d'aigle.

Son air intransigeant et sa bouche, généreuse et ourlée, le rendaient semblables à un loup sans cesse sur le point de se jeter sur une proie.

— Ce n'est pas faux, acquiesça-t-il en haussant négligemment les épaules. J'avoue que je ne m'attendais pas à ce que Jace se passe la corde au cou. Je le connais depuis longtemps, et il a toujours été un farouche opposant au mariage.

— Peut-être, mais qui peut percer les mystères de l'amour ? opposa-t-elle d'un ton badin.

— Parce que tu crois que c'est *l'amour* qui a poussé Jace à convoler avec ta sœur en si peu de temps ?

Ignorant son cynisme, Lissa murmura distraitement :

— Quoi d'autre ?

De ravissantes guirlandes de lampions étaient disposées partout dans le parc surplombant la mer, et elle tourna la tête vers Eleanor et Jace qui trinquaient près du chapiteau, sous les applaudissements des invités. Même à cette distance, elle distinguait les gestes tendres qu'échangeaient les jeunes mariés. La main de Jace, possessive et fière, sur la taille fine d'Eleanor, la façon dont elle se pressait contre lui, en pleine confiance. Ils n'avaient d'yeux que l'un pour l'autre et semblaient seuls au monde.

— Tu as sans doute raison, reprit Takis en suivant son regard. De toute façon, je suis tout sauf un expert de l'amour.

Le ton sarcastique de sa voix la troubla davantage, et elle s'éloigna du cèdre pour s'accouder au muret de pierres. Elle était venue trouver refuge au fond des jardins pour écouter le ressac des vagues sur la plage, en contrebas, loin de la foule. Bientôt, le soleil se coucherait, le spectacle serait d'une rare poésie.

Takis la rejoignit encore, et elle se sentit coincée. Non, pas vraiment coincée, car elle avait tout loisir de s'en aller, mais… Oppressée. Comme si, clouée au sol, elle était condamnée à respirer les effluves délicieusement épicés de son parfum, et à fixer la fine toison brune révélée par l'échancrure de sa chemise de soie blanche.

— Tu ne m'as toujours pas dit pourquoi tu avais soudain quitté la fête, reprit-il.

Lissa n'allait certes pas lui avouer qu'elle s'était sentie affreusement envieuse, en le voyant danser avec une brune en robe rouge qu'il enlaçait avec un enthousiasme ostensible.

— J'avais envie d'être un peu seule, répondit-elle sèchement.

— Menteuse. Tu crois que je n'ai pas vu comment tu me regardais pendant la cérémonie ?

Oh ! bon sang. Est-ce que cela crevait les yeux à ce point ? Bon, elle voulait bien l'admettre : c'était l'homme le plus outrageusement sexy qu'elle ait rencontré. Depuis la fin de l'adolescence, elle fréquentait principalement des mannequins et des acteurs en herbe ; des garçons, comparés à Takis.

Lui, en revanche, possédait tous les attributs de l'amant idéal – même si elle était en peine de savoir d'où lui venait une idée pareille, puisqu'elle n'avait aucune expérience en la matière ! Quoi qu'il en soit, son corps semblait fondre de l'intérieur dès qu'il apparaissait dans son champ de vision.

Priant tout bas pour que l'ombrage du cèdre dissimule le rouge écrevisse de ses joues, elle répliqua :

— Tu sous-entends que je serais venue ici dans l'espoir que tu me rejoignes ?

— Ce n'est pas le cas ?

— Bien sûr que non ! Il ne m'est pas venu à l'esprit que tu suivais mes allées et venues. Tu avais l'air très occupé à te faire dévorer tout cru par la demoiselle en rouge.

Takis se mit à rire, et le tintement subtil de sa voix grave ajouta encore au malaise de Lissa.

— Excuse-moi si j'ai dérangé ta solitude. Je m'en vais, si tu préfères.

— Fais ce que tu veux, lança-t-elle avec humeur. Mon petit doigt me souffle que c'est d'ailleurs ton habitude !

N'étant pas encore assez folle pour entreprendre d'apprivoiser un loup, elle s'apprêta à repartir vers le chapiteau.

— Reste là et regarde le coucher de soleil, si ça te fait plaisir, conclut-elle. Moi, je remonte pour attendre mon taxi.

— Je suppose que tu séjournes au Pangalos ? s'enquit-il. Il se trouve que j'ai moi-même réservé là-bas pour la nuit. Je te dépose ?

Lissa réfléchit. Depuis Thessalonique, le trajet jusqu'au fabuleux complexe de luxe dans la péninsule de Sithonie prendrait au moins une heure, pensa-t-elle, et la perspective de se retrouver en tête à tête avec Takis hérissait les petits cheveux sur sa nuque, mais… Quelle excuse invoquer ? Rien ne lui vint à l'esprit.

— Bon, eh bien… merci, balbutia-t-elle d'une voix qu'elle ne reconnut pas. C'est gentil de ta part.

— Oh ! de rien. Jace m'a confié la responsabilité de veiller à ce que tu rentres sans encombre.

Quel mufle ! Autant dire qu'il proposait de la raccompagner *uniquement parce qu'il y était contraint*. Parce qu'il obéissait à une consigne de son ami, et aux convenances protocolaires entre témoin et demoiselle d'honneur… et non parce qu'il s'intéressait à elle. Elle s'en fichait, tâcha-t-elle de se convaincre. En revanche, elle ne supportait plus l'idée d'être un poids pour quelqu'un, une obligation. Exactement ce qu'elle avait été pour son grand-père durant toute son enfance.

— Et pour information, je ne suis pas « gentil », ajouta-t-il. Ne me confonds pas avec l'un de tes petits amis qui ont un papa riche comme Crésus, et avec qui tu t'amuses sur un yacht au large de Saint-Tropez ou dans les Maldives. Ta vie privée fait la joie des gens qui lisent les tabloïds, mais moi, je suis un survivant. J'ai réussi à tracer mon chemin loin de la rue, et chaque étape de mon parcours a été un combat. Le succès de mon empire hôtelier est le fruit d'un travail acharné.

Ulcérée par le mépris et le sarcasme de sa tirade, Lissa serra les dents. De quel droit la jugeait-il ? Il ne savait strictement rien d'elle ! Elle brûlait de lui crier au visage qu'elle menait sa vie comme elle l'entendait, mais elle ne lui devait aucune explication.

Surtout, elle avait derrière elle de longues années d'expérience à dissimuler ses sentiments, et il lui fut aisé de le toiser avec flegme pour répondre, sereine :

— Pourtant, puisque tu en sais si long à mon sujet, il faut bien que tu sois *toi-même* un lecteur assidu de la presse en question.

Oh ! elle ne pouvait le blâmer de l'image qu'il avait conçue d'elle. Jamais elle n'avait pris la peine d'opposer un démenti aux rumeurs qui couraient à son propos. Au contraire, elle alimentait délibérément l'attention des médias afin de déclencher la fureur de son grand-père. Car d'une façon ou d'une autre, y compris la pire, elle voulait obtenir l'attention de Pappoús.

Kostas Pangalos était devenu son tuteur, à la mort de ses parents. Accaparé par la gestion de ses deux palaces, il n'avait guère accordé de soins à la plus jeune de ses trois petits-enfants, tous traumatisés par le choc du double deuil. Près d'un an et demi plus tôt, Pappoús était mort en nommant Eleanor, sa préférée, seule responsable de son groupe, Gilpin Leisure.

Cet ultime coup de poignard dans le dos avait été très difficile à tolérer, pour elle comme pour son frère, furieux de se voir ainsi rayé de la carte. Eleanor s'était efforcée de compenser cette injustice en nommant Mark directeur général du Pangalos, l'hôtel en Grèce, mais leur aîné luttait alors contre ses propres démons et, en une année, avait réussi à pousser l'établissement au bord de la faillite. Seule l'intervention de Jace Zagorakis les sauvait de cette infamie, grâce à la somme substantielle qu'il injectait dans le capital.

Fusillant l'irrésistible Takis d'un regard noir, Lissa déclara :

— Mon beau-frère n'est pas responsable de moi, et tu ne l'es pas davantage. Je vais rentrer au Pangalos par mes propres moyens.

— Arrête de jouer l'enfant gâtée, railla-t-il. Annule ton taxi et sois prête dans cinq minutes.

— Ce que tu peux être arrogant ! aboya-t-elle, furieuse.

Contre toute attente, Takis lui renvoya un sourire charmeur. Une flamme se mit à danser dans ses yeux sombres, et il susurra :

— Et toi, ce que tu es belle ! Mais tu le sais mieux que personne, ajouta-t-il avec une suavité ensorcelante. Je t'ai reconnue parce que tu as tourné dans une publicité plus populaire en Grèce que chez toi, en Angleterre, et que tu as fait la campagne magazine d'une marque de cosmétiques.

Lissa retint son souffle. Il se tenait si près d'elle que sa température montait en flèche, et son sang martelait lourdement à ses tempes. Ce qu'elle lisait dans son regard ne laissait pas de place au doute. C'était un désir intense.

À la puberté, quand sa frêle silhouette de gymnaste avait pris des courbes, elle avait découvert le désir masculin. Au début, c'était gênant, puis elle s'était emparée de ce formidable outil pour oublier l'indifférence de son grand-père à son égard, sentir qu'elle pouvait faire de l'effet. Passée maîtresse dans l'art du flirt, elle allait rarement plus loin. Son expérience amoureuse s'avérait très limitée, et à vingt-trois ans, elle n'avait toujours pas eu envie de se lancer dans une vraie relation.

Quant à son éphémère cursus dans le mannequinat, il

lui avait permis de voyager un peu. Très vite, Lissa s'en était détournée, désireuse de percer dans le cinéma, et…

Imperturbable, il continuait de la couver d'un œil lascif, et elle ne put s'empêcher de se demander ce que ça ferait d'être embrassée par Takis Samaras. Un homme qui lui faisait éprouver une attirance charnelle aussi étourdissante. Il la fascinait d'une façon complètement inédite. Sans même s'en rendre compte, elle se laissait happer par la lueur mystérieuse dans son regard.

À son vif soulagement, il consentit enfin à reculer et lâcha :

— Va rassembler tes affaires.

Durant une fraction de seconde, elle fut sur le point de répéter qu'elle préférait rentrer par ses propres moyens, mais l'air était tellement chargé d'électricité qu'elle opta pour la fuite.

En se dirigeant d'un pas nerveux vers le chapiteau, elle parvint à la conclusion que sa sœur avait fait en sorte que Takis la raccompagne, priant Jace de jouer les intermédiaires. Eleanor s'était toujours montrée très protectrice.

Comme les rires et la musique lui parvenaient, elle passa une main sur son front et s'aperçut que sa peau était brûlante.

2.

Takis avait croisé des douzaines de filles comme Lissa Buchanan. Autocentrées, trop gâtées et ne songeant à rien d'autre qu'à se divertir. Il était certain d'être immunisé contre les charmes d'une jolie blonde, d'autant plus que sa préférence allait aux femmes indépendantes et trop accaparées par leur travail pour attendre plus qu'une brève liaison de la part d'un homme d'affaires farouchement allergique à l'engagement.

Seulement, Lissa Buchanan n'était pas juste une jolie blonde. C'était une vraie beauté. À couper le souffle. Rien d'étonnant à ce que les objectifs des paparazzis tombent amoureux de son impeccable silhouette, de ses traits purs et lumineux, de l'architecture délicate de son visage aux pommettes haut placées, et de ce regard inouï : un bleu myosotis plus profond, plus saisissant encore que celui qui faisait la légende des dômes de Santorin.

À la mairie, pendant que Jace tremblait d'impatience en regardant la mariée s'avancer jusqu'à lui, Takis s'était trouvé incapable d'accorder son attention à Eleanor. Il n'avait d'yeux que pour la demoiselle d'honneur dont l'élégante robe cobalt flattait la taille de guêpe. Plus encore que la longueur de ses jambes et la perfection de ses petits seins ronds moulés dans la soie, il avait été frappé par la magie de son sourire. Chaque fois que son visage s'illuminait, c'était comme si un rayon de soleil puissant, quasiment magique, l'atteignait en pleine poitrine.

Depuis un certain temps, le nom de Lissa Buchanan ne fleurissait plus dans les articles racoleurs des blogs et des tabloïds. Ses caprices et ses frasques avaient longtemps alimenté Internet mais désormais, elle était sortie du champ des radars médiatiques.

Au fil de la réception, Takis avait écouté la voix mélodieuse de la sirène en bleu, tandis qu'elle bavardait avec à peu près tout le monde – sauf lui. Son parterre masculin semblait suspendu à ses lèvres et elle avait l'air d'y prendre beaucoup de plaisir. Inexplicablement, le son cristallin de son rire lui vrillait le cœur. Lui-même ne se rappelait pas quand il avait ri, vraiment ri, pour la dernière fois dans sa vie, et il en éprouvait une étrange culpabilité.

Mieux valait qu'il n'oublie pas le nombre incalculable de liaisons que les journaux avaient prêtées à Lissa Buchanan, depuis sa première réclame pour un mascara – principalement avec des garçons de la jet-set aussi inutiles qu'elle dans la marche du monde. Il y avait aussi les bruits selon lesquels elle appréciait les drogues « récréatives » – ce qu'elle avait nié, à l'époque… Enfin, selon de multiples sources, depuis qu'elle avait rompu le contrat qui la liait avec son agence de mannequinat, la cadette du clan Buchanan cochait toutes les cases de la starlette, l'actrice velléitaire vautrée dans le cliché. Si Jace ne le lui avait pas personnellement demandé, jamais Takis n'aurait eu l'idée de lui proposer de la ramener au Pangalos.

Jamais ? Hmm… Il voulait bien admettre qu'il avait été tout près de l'embrasser, un moment plus tôt. Fort heureusement, son cerveau l'avait empêché de céder à l'appel tyrannique de sa libido, mais le fait était : une tension sexuelle à couper à couteau régnait entre eux, et la perspective du tête-à-tête en voiture jusqu'à Sithonie s'avérait diablement excitante.

Il jeta un coup d'œil dans sa direction. Elle sortait un miroir et un tube de rouge de son sac, et il sentit la toile de son smoking se tendre au niveau de l'entrejambe, en la regardant peindre avec soin sa bouche pulpeuse.

Hélas, ce geste évocateur convoqua aussitôt dans sa mémoire le souvenir pénible d'une scène qu'il aurait aimé faire sombrer à jamais dans les oubliettes. Une scène de *ce jour-là*, quand il avait seize ans, et qu'il vivait dans la maison de son père, au fin fond d'un obscur village du nord de la Grèce…

En pénétrant dans la cuisine, Takis savait que la voie était libre, que son paternel se trouvait dans un bar – ivre mort et hurlant des insanités, comme d'habitude. À la maison, la paix ne revenait qu'en son absence.

Sa belle-mère se penchait au-dessus de l'évier, face à un miroir ébréché. D'un geste précis, elle couvrait sa bouche de rouge. Tapi dans l'embrasure de la porte, Takis la contemplait. Il ne parvenait pas à détacher les yeux des lèvres brillantes et appétissantes de Marina, et sous sa ceinture, il ne contrôlait pas davantage la force de son érection. Soudain, leurs regards se rencontrèrent dans la glace et la bouffée de désir monta violemment en lui.

Marina était très jeune, quelques années les séparaient et, techniquement, ce n'était pas sa belle-mère, puisque son père ne l'avait pas épousée. Néanmoins, elle avait donné à Spiros un autre fils. Au village, on murmurait le mot « bâtard » à propos de Giannis même si les gens n'osaient pas le prononcer en présence de Takis, qui adorait son petit frère.

Marina fit volte-face et se tourna vers lui.

— Tu aimes mon rouge ?

Une nouvelle fois, il fixa sa bouche d'un carmin aussi brillant et tentateur que celui d'une cerise bien mûre.

— Oui, souffla-t-il, tandis que son sang se ruait dans ses artères.

— Tu as envie de m'embrasser, n'est-ce pas ?

Ondulant des hanches, elle traversa la cuisine dans sa direction, d'une démarche chaloupée. Visiblement satisfaite de son effet, elle s'arrêta à quelques centimètres de lui. Le sang de Takis était tellement liquide, tellement bouillant que ses oreilles se mirent à bourdonner.

— Je sais que tu as prévu de t'enfuir, enchaîna-t-elle en se pressant contre lui, effleurant son torse de ses seins.

Takis resta pétrifié.

— Si tu nous emmènes, Giannis et moi, je te promets que toutes les nuits, tu pourras faire bien plus que m'embrasser. Je serai à toi, Takis.

Cette fois, ce furent ses lèvres rouges qui vinrent caresser le visage de Takis.

— Aide-moi à quitter ce maudit village et ton père, et je ferai de toi un homme.

Takis n'avait pas su résister aux avances de sa belle-mère. Sous l'emprise d'une terrible tentation d'adolescent, il n'imaginait pas les conséquences effroyables de sa faiblesse sur Giannis et sur elle.

Rassemblant ses esprits, il prit une longue inspiration et mit de côté le souvenir du petit garçon qui, aujourd'hui, aurait été un jeune homme. L'image se révélait trop douloureuse, sa culpabilité trop grande. Une part de lui était morte avec Giannis et le jour de ses funérailles, Takis s'était fait le serment de ne plus jamais permettre à ses affects de l'emporter. Il y avait près de quinze ans qu'il tenait cet engagement, et aucune femme n'avait su le tenter de le rompre.

— Tu as raté le bon embranchement, observa Lissa, le tirant brusquement de ses pensées.

Il étouffa un juron en s'apercevant qu'elle avait raison. Dès qu'il le put, il fit demi-tour.

— Tu es bien silencieuse, observa-t-il dès qu'ils furent engagés sur la route.

Il s'attendait à ce que la jeune femme parle plutôt à tort et à travers, l'abreuvant d'informations dont il se fichait à propos de gens dont il se fichait – il aurait mille fois préféré ce type de bavardages stériles à la solitude de ses sombres réflexions.

— Tu avais des choses à raconter aux autres convives, au mariage, enchaîna-t-il. Pas à moi ?

— Justement, répondit-elle. Tu m'as entendue parler de moi à la réception. Maintenant, c'est ton tour.

Étonné, il lui jeta un regard de biais avant de demander :

— Qu'est-ce que tu veux savoir ?

— Tu es marié ?

Il s'esclaffa.

— La subtilité n'est pas ton point fort ! Non. Je ne suis pas marié. Et je n'ai absolument pas l'intention de changer de statut.

— Ah ? Même pas quand tu auras des enfants ?

— Je ne veux pas d'enfants. Les responsabilités qu'exige la paternité n'exercent aucun attrait sur moi, dit-il avec franchise.

Il sentait peser sur lui le regard ébahi de la jeune femme.

— Je croyais qu'en Grèce, les hommes étaient très attachés à la transmission de leur nom, insista-t-elle.

— Eh bien, pas moi. Je suis le seul héritier de mon père, précisa-t-il en serrant un peu plus fort le volant de cuir, à la pensée du petit cercueil mis en terre.

Et de son pauvre frère à l'intérieur… D'un ton déterminé, il reprit :

— Et après moi, je ne me plaindrai pas que personne ne perpétue le nom de Samaras.

Elle se cala plus confortablement dans le large siège en cuir de la berline, et il sentit son regard inquisiteur peser sur lui.

— Ton père est-il toujours en vie ? interrogea-t-elle.

— Non.

— Et ta mère ?

— Elle est morte il y a quelques années, dit-il.

Takis avait honoré les frais d'obsèques lorsque l'homme qui partageait la vie de cette femme l'avait informé de son décès. En revanche, il n'y avait pas assisté. Il ne ressentait rien pour celle qui l'avait abandonné avant même qu'il soit en âge d'entrer à l'école.

Et lui, à son tour, avait abandonné Giannis, lui souffla, perverse, la voix de sa conscience. Une coulée acide lui retourna l'estomac.

— Moi aussi, j'ai perdu mes deux parents, dit-elle. Ils sont morts quand j'étais petite, et avec mon frère et ma sœur, nous sommes partis vivre chez nos grands-parents. Nana Francine nous a quittés quelques années plus tard. La disparition de ma mère lui avait brisé le cœur. Je crois que mon grand-père a ressenti comme une grande injustice la responsabilité de nous élever tous les trois.

— D'après ce que j'ai entendu dire, Kostas Pangalos était une forte personnalité.

— Pappoús était un tyran domestique, soupira-t-elle. Il a accordé un traitement de faveur à Eleanor parce qu'elle lui rappelait beaucoup notre mère, mais il n'a jamais fait attention à Mark, ni à moi.

Takis entendit un subtil chevrotement dans sa voix, et comprit qu'elle avait souffert du rejet de son grand-père. Il ne put s'empêcher d'éprouver de la compassion pour la petite fille, devenue subitement orpheline, qui ne recevait pas l'affection de son grand-père. Il était bien placé pour savoir ce que ça faisait, de grandir sans amour.

Le fait que Lissa ne corresponde pas tout à fait au cliché auquel il l'avait réduite le troubla durant un instant. À en croire les portraits de toutes les plates-formes de réseaux, elle était obsédée par sa coiffure, esclave de la mode et à l'affût de sa prochaine proie, qui devait forcément appartenir à la jet-set… Du coin de l'œil, il la vit passer une main dans son carré très simple. Ses adorables mèches blondes dansèrent autour de son visage lumineux. *Theos* ! Elle était décidément d'une beauté exceptionnelle.

Au mariage, les hommes ne la quittaient pas des yeux. Une véritable fureur s'était emparée de lui, comme il la voyait discuter tranquillement avec les uns et les autres. C'était comme si elle appartenait à tout le monde, à personne… Et c'était le motif inexplicable, irrationnel, de sa rage sourde. En lui s'était alors éveillé un instinct de possession encore plus incompréhensible.

Une nouvelle fois, il la regarda à la dérobée. Le bleu de son regard était, sans conteste, un prodige de la nature. Comment interpréter l'air innocent qu'elle arborait ? À qui voulait-elle faire croire qu'elle n'était pas une experte de la manipulation ? En tout cas, pour sa part, il ne serait pas dupe. D'ailleurs, à ce jeu-là, il aimait croire qu'il ne manquait pas de talent non plus.

— Tu connais mon beau-frère depuis un certain temps, alors ? reprit-elle au bout d'un moment.

Il acquiesça.

— J'ai rencontré Jace sur un site de construction. Nous étions ouvriers. Je n'avais pas de famille et Jace prenait soin de sa mère après la mort de son père. Comme nous étions encore adolescents, nous avons tous les deux menti sur notre âge pour être employés.

Les semaines et les mois passés après la fuite de son

village s'étaient révélés durs, se rappela-t-il. Il était sans le sou, à la rue, dévoré de chagrin et de colère après la mort de son demi-frère. L'amitié de Jace l'avait littéralement sauvé, l'empêchant de glisser plus bas sur une pente dangereuse.

— Jace et moi, nous nous sommes soutenus l'un l'autre pour faire carrière, poursuivit-il. Le destin s'est montré généreux envers nous le jour où nous avons gagné une somme importante à la loterie. Chacun a monté son entreprise, Jace dans le développement immobilier, moi dans l'hôtellerie et le tourisme, avec Persée.

— Tu as baptisé ta compagnie ainsi en l'honneur du personnage de la mythologie ? s'enquit-elle.

— Oui. C'est lui qui a vaincu la gorgone et le monstre marin.

— C'est vrai, mais c'est curieux pour une chaîne hôtelière, non ? Tu aurais pu choisir Zeus, le maître de l'Olympe, ou Héphaïstos, le dieu de la forge considéré, par extension, comme celui des bâtisseurs : ça aurait été plus conforme à ton parcours, tu ne trouves pas ?

Sidéré, Takis garda le silence un instant avant d'exprimer sa surprise.

— Tu as étudié la mythologie grecque ?

Elle secoua la tête.

— Non, pas de façon formelle. Mais j'ai toujours été fascinée par l'histoire ancienne, et j'ai lu pas mal de livres à ce sujet. J'ai la ferme intention d'aller visiter l'Acropole et le Parthénon avant de repartir… Tu les connais ?

— Non, reconnut-il.

La vue depuis son appartement à Athènes lui permettait d'admirer les plus célèbres sites archéologiques, mais il n'avait jamais pris le temps d'aller rendre hommage aux merveilles de la capitale.

Or, il n'avait pas non plus l'intention de lui dévoiler

pourquoi il avait choisi Persée, le héros qui venait à bout des monstres – afin de se rappeler que le monstre mort avec son père pouvait ressusciter en lui n'importe quand.

Chaque fois qu'il perdait patience, Spiros devenait violent et, toute son enfance, Takis en avait fait les frais, endurant des pluies de coups. Peut-être s'agissait-il d'une tare génétique, transmise de génération en génération ? Takis n'était pas prêt à courir le moindre risque – d'où sa décision de ne jamais concevoir d'enfant. Le monde se porterait mieux, une fois sa lignée disparue.

Sans famille à charge ni engagement affectif, il avait été en mesure de se forger une carrière à la hauteur de son ambition.

Affamé de succès, il avait définitivement laissé derrière lui le village où il était né. Près de la frontière albanaise, la région était pauvre et laminée par le chômage. Son père leur avait tout juste permis de survivre grâce à son élevage de chèvres. Enfant, Takis voyait déjà bien plus grand.

La mort de Giannis laissait un grand vide dans son cœur, mais il s'était vite aperçu qu'il menait mieux ses affaires en étant affranchi de toute forme de dépendance affective. Et puis, après avoir perdu le seul être au monde qu'il aimait, il pouvait tout se permettre, tout risquer. Ainsi avait-il hérité, à mesure qu'il bâtissait son empire, d'une sévère réputation. On le décrivait comme un entrepreneur sans foi ni loi, dénué de scrupules. Vu de l'extérieur, il ne lui manquait rien : il était riche, possédait plusieurs propriétés de par le monde, couchait régulièrement dans son lit des femmes sublimes. Comment aurait-il pu, néanmoins, jouir de ce succès, puisqu'il traînait – telle un boulet, une malédiction – un secret honteux dont il ne pouvait s'ouvrir à quiconque ?

Agacé par le tour que prenaient ses pensées, il les congédia et reprit le fil de son récit.

— Le premier hôtel que j'ai acquis, à Mykonos, était quasiment en ruine. J'en ai fait un palace classé cinq étoiles, avant d'en acheter quatre autres dans les Cyclades, ainsi que deux immenses établissements à Athènes.

Il fronça les sourcils en percevant un subtil ronflement à côté de lui et, tournant les yeux vers sa passagère, s'aperçut qu'elle dormait. De toute évidence, l'exemplarité de sa trajectoire dans les affaires l'accablait d'ennui !

Naturellement, songea-t-il, vaguement offusqué. Rien n'intéressait Lissa Buchanan sinon elle-même.

3.

La nuit était tombée quand Takis s'engagea dans l'allée de cyprès menant au grand complexe, afin de garer sa berline devant le bâtiment principal du Pangalos. Dès qu'il coupa le moteur, l'habitacle s'éclaira, révélant les traits purs et fins de sa passagère.

Il réprima l'envie de repousser du bout des doigts la mèche de cheveux blonds qui lui couvrait une joue. Ses longs cils battirent plusieurs fois, comme elle ouvrait les yeux.

Et quels yeux ! Bon sang, la teinte unique de ce bleu myosotis… Étouffant un juron, il maudit l'érection qui l'embarrassait et tâcha de se rappeler quand une femme avait réussi à produire un tel effet sur lui. Il fallait remonter à sa ténébreuse adolescence et à la perversité de celle qui avait profité du bouillonnement de ses hormones. Alors qu'il ne rêvait que de tendresse, d'affection, Marina entendait juste se servir de lui, échapper par n'importe quel moyen à Spiros.

— Désolée, prononça lentement Lissa après avoir bâillé. Tu étais en train de me parler, je crois, quand je me suis assoupie.

Il serra la mâchoire.

— C'est moi qui suis navré de t'avoir ennuyée en te racontant ma vie.

— Oh ! ne le prends pas comme un affront personnel. Je m'endors toujours vite, en voiture.

Elle se redressa promptement sur son siège, et son adorable carré bond se mit à danser autour de son visage, attirant l'attention de Takis sur sa nuque frêle. Une atmosphère électrique, lourdement sexuelle, régnait entre eux, et il fut presque soulagé de voir la jeune femme ouvrir la portière.

Il l'imita et fit le tour du véhicule. Comme il parvenait jusqu'à elle, elle trébucha dans le gravier et poussa un cri.

— Oh ! Ma cheville ! geignit-elle en se baissant aussitôt pour frotter la zone endolorie.

— Pourquoi faut-il que les femmes s'entêtent à porter des échasses ? maugréa-t-il en jaugeant la hauteur de ses luxueuses sandales à une bonne douzaine de centimètres.

— J'adore les talons hauts ! protesta-t-elle. Je suis trop petite, sinon.

— Tu ferais bien de les enlever au cas où ta cheville enfle, reprit-il d'un ton bourru.

Suivant chacun de ses gestes, il la regarda défaire les lanières des ravissantes sandales et, une boule dans la gorge, vit apparaître ses pieds fins, aux ongles impeccablement vernis de rose.

— Tu peux marcher ? s'enquit-il en s'efforçant d'ignorer l'effet de ses adorables petits orteils.

— Oui, je suis sûre que je peux, affirma-t-elle avant de faire un pas et de pousser un nouveau gémissement.

Lâchant un long soupir, elle s'assit sur le muret du porche.

— Je vais rester là une minute, dit-elle. Ça va passer. Merci de m'avoir raccompagnée.

— Tu n'imagines pas que je vais t'abandonner ici, observa-t-il d'un ton las. Je vais te porter jusque chez toi.

— Non, c'est inutile, assura-t-elle en secouant la tête avec force.

Ignorant ses protestations, Takis se pencha pour la prendre dans ses bras et fut stupéfait de réaliser combien elle était menue… et tendue.

— Mets ton bras autour de mon cou, ordonna-t-il, refusant de se laisser impressionner par sa gêne.

Elle changeait de petit ami comme d'autres changeaient de chemise : il n'y avait aucune raison pour qu'elle se montre aussi terrifiée par le contact d'un homme.

— L'entrée de l'appartement privé se trouve au bout de l'allée latérale, de l'autre côté, indiqua-t-elle d'une voix blanche, tout en fouillant dans son minuscule sac pour y prendre la clé.

En quelques enjambées, Takis parvint devant la porte et l'ouvrit. Il éprouvait une certaine curiosité à découvrir l'endroit où Jace avait vécu durant la première partie de son enfance, à l'époque où ses parents possédaient la moitié de l'hôtel – jusqu'à ce que Kostas Pangalos ne piège son associé, lui volant ses parts et mettant toute la famille Zagorakis à la porte.

Dans le salon, il déposa Lissa sur le canapé avec la ferme intention de lui souhaiter bonne nuit et de partir, mais… son corps refusa d'obéir. Comme cloué sur place, il fixait la jeune femme qui se lovait dans les coussins, rivant sur lui ses yeux d'un bleu plus intense que jamais.

— Tu veux prendre un verre ? suggéra-t-elle d'une voix hésitante. Mon frère a dû laisser quelques bouteilles, avant de partir.

Elle désigna un buffet et enchaîna :

— Il y a du whisky, peut-être aussi du cognac. Mon grand-père était très amateur de brandy… Qu'est-ce que tu préfères ?

— Non merci, je n'ai pas envie de boire. Je constate que ta cheville s'est miraculeusement remise, dit-il d'un ton sarcastique.

Sans se formaliser, elle haussa négligemment les épaules.

— La douleur a disparu, oui. J'ai fait beaucoup de compétitions de gymnastique, quand j'étais plus jeune. Un jour, je me suis fracturé la cheville, et il en reste une fragilité. Rien de grave.

— Tiens donc. Est-ce que tu n'aurais pas plutôt fait semblant de trébucher pour m'attirer jusqu'ici ? insinua-t-il, un sourire moqueur aux lèvres.

Le visage de la jeune femme n'exprimait toujours rien d'autre que l'étonnement sincère.

— Bien sûr que non ! Quelle idée ! Pourquoi est-ce que j'aurais fait ça ?

Cette fille était un véritable caméléon, pensa-t-il, agacé. Il était las de ses petits jeux. Allait-elle prétendre encore longtemps qu'elle ne sentait pas l'incroyable phénomène d'attraction entre eux ?

Lentement, il s'assit près d'elle sur le canapé. Il fallait qu'il l'embrasse. Qu'il connaisse le goût de cette bouche insolente, invitante, exquise.

— À cause de ça, dit-il très bas en glissant son bras autour de sa taille pour l'attirer à lui d'un geste autoritaire.

Elle lâcha une brève exclamation mais se laissa faire, humectant machinalement – ou délibérément ? – sa bouche, et enflammant ainsi davantage son désir. Que l'invitation ait été consciente ou pas, Takis n'allait pas la laisser passer. Lissa Buchanan le captivait depuis l'instant où il avait posé les yeux sur elle, et ce soir, elle était à lui.

Le cœur de Lissa battait tellement fort qu'elle en oubliait de respirer, et elle resta interdite, enveloppée dans la chaleur des bras puissants de Takis. Lorsqu'il effleura ses lèvres des siennes, un étrange courant électrique la parcourut. Fermant les yeux, elle laissa son eau de Cologne l'enivrer. Jusque dans son parfum, il y avait quelque chose d'incroyablement masculin et sauvage, évocateur des grandes forêts et de fougères battues par des bourrasques... Perdait-elle la tête ? Incapable de réfléchir, elle entrouvrit la bouche, capitulant à la sensualité de sa caresse – cette bouche mâle qui, encore et encore, se promenait sur la sienne, tentatrice et ensorcelante. Son sang se liquéfiait pour pulser avec fureur dans ses veines, et des ondes exquises lui traversaient le bas-ventre. L'érotisme de ce baiser surpassait tout ce qu'elle aurait pu imaginer. Naturellement, elle avait déjà été embrassée, mais sa prétendue collection de petits amis était une pure invention de la presse. Si elle n'y avait pas opposé de démenti, c'était uniquement pour faire enrager son grand-père.

Langoureusement, leurs langues s'enroulèrent, et elle sentit de merveilleuses sensations l'envahir. Une nuée de papillons semblait voler en elle, tandis qu'un volcan entrait en éruption. Sa chair crépitait, son désir formant peu à peu une boule de feu.

Lorsque Takis passa une main dans son dos pour la plaquer plus étroitement contre son large torse, elle frémit de plaisir et, à son tour, planta ses ongles dans sa nuque, caressant ses cheveux soyeux. Passionné, leur baiser se faisait plus ardent à chaque seconde, et elle avait envie qu'il ne s'interrompe jamais. Avide de sa bouche, elle s'abandonnait à leur étreinte de plus en plus osée, et le laissa aventurer ses mains brûlantes le long de ses hanches, puis remonter vers ses seins.

— *Thélo na se do*, murmura Takis en lui faisant sentir la force de son excitation.

Un nouveau frisson l'électrisa, à l'entendre parler le grec, langue maternelle de son grand-père qu'elle avait apprise, enfant, comme son frère et sa sœur. Mais Takis savait-il qu'elle le comprenait ? « Je veux te voir » : ses mots avaient la puissance d'un sortilège érotique et pourtant, ils la renvoyèrent avec brutalité à l'un de ses plus cruels souvenirs. Des photos d'elle en bikini, volées par des paparazzis, avaient maintes fois circulé sur Internet. Mais sa nudité n'avait été jetée en pâture au public qu'une fois, lorsqu'elle avait dix-sept ans, et la honte associée à cet incident la brûlait encore. Soudain, elle se figea.

— Non, dit-elle en s'arrachant aux bras de Takis, rajustant vivement les bretelles de sa robe. Désolée, je… Je ne peux pas. On arrête.

Elle se blottit à l'autre extrémité du canapé et soutint son regard encore embué de désir.

Visiblement abasourdi, il resta un instant immobile à la fixer.

— Pourquoi ? lâcha-t-il enfin.

Sa voix était éraillée, il paraissait frustré, mais il n'esquissa pas le moindre geste pour tenter de la convaincre de faire machine arrière.

— Nous avons été présentés ce matin, rappela-t-elle, ignorant l'élan qui la poussait à retourner dans la chaleur enivrante de ses bras.

À la vérité, elle avait follement envie de ce baiser, et peut-être de davantage, mais il allait trop vite.

— Je pense que nous devrions ralentir un peu, expliqua-t-elle, au lieu de nous précipiter dans une relation.

À ces mots, il ouvrit des yeux ronds.

— *Une relation* ? répéta-t-il, estomaqué. Écoute, je ne sais pas ce que tu t'es imaginé, mais si tu espérais une grande romance en technicolor, je vais te décevoir… Et pour être franc, il me semblait que nous avions envie de la même chose.

— Ah ? C'est-à-dire ? interrogea-t-elle, irritée par son sarcasme.

— Passer la nuit ensemble.

Comme elle le considérait d'un air outré, il fronça les sourcils et poursuivit :

— Tu flirtes outrageusement avec moi depuis que nous sommes entrés à la mairie, *koúkla mou.*

— Je ne suis *pas* ta poupée, s'indigna-t-elle. Je veux bien reconnaître que j'ai un peu flirté… Tu es un homme très attirant.

Son inexpérience la faisait rougir, mais elle enchaîna avec sincérité :

— C'était juste un jeu de séduction innocent. Je ne pensais pas que tu allais m'embrasser.

Plus bas, elle ajouta :

— Et encore moins que la situation allait s'emballer à ce point.

Le regard de Takis était d'un gris d'acier. Froid. Impénétrable.

— Tu m'as envoyé *tous* les signaux indiquant que tu voulais coucher avec moi, accusa-t-il.

— Quoi ? Je n'ai rien fait de la sorte, maintint-elle, réprimant mal sa colère.

Mais de toute évidence, celle de son hôte risquait d'éclater aussi. Lissa se sentit gagnée par la mauvaise conscience en se rappelant comment elle avait ardemment accueilli son baiser. Oui, pour elle, un baiser aussi sensuel tenait de la révélation. Aucun homme ne l'avait embrassée ainsi. Toute à sa découverte, elle était loin de se douter que Takis la croyait en train de l'encourager à se montrer plus audacieux.

— Je crois que tu devrais partir, dit-elle en tremblant.

— Je suis bien d'accord, gronda-t-il en se levant.

Il lui décocha un coup d'œil courroucé et demanda :

— Ça t'amuse d'exciter un homme pour le rejeter l'instant d'après ?

— J'ai le droit de dire non, rappela-t-elle d'un ton ferme.

— En effet. Peut-être d'autant plus que tu ne sais pas ce que tu veux.

— C'est possible, concéda-t-elle en baissant les yeux. Je n'avais jamais fait ça avant…

Cette fois, il fronça les sourcils.

— Qu'est-ce que tu veux dire ?

Lissa déglutit difficilement avant d'avouer :

— Eh bien… La vérité, c'est que je suis vierge.

Un bref silence pesa dans le salon, rompu par le rire cruel de son hôte.

— Tiens donc ! railla-t-il. Et comment expliques-tu toutes tes liaisons dûment documentées avec des garçons aussi assoiffés de célébrité que toi ?

Ses paroles ranimèrent sa fureur.

— Tout le monde sait que les tabloïds vivent de pseudo-scandales ! Pour vendre du papier, ils montent les histoires les plus croustillantes possible, mais les trois quarts de ce qu'ils impriment ne correspondent à rien de réel.

Le visage de Takis exprimait toujours une incrédulité moqueuse et hostile.

— Franchement, tu crois que je suis assez idiot pour m'imaginer que *toi*, tu es blanche comme neige ?

— Qu'est-ce que tu sous-entends ? Qu'un séducteur professionnel ne peut pas avoir mauvaise réputation, et qu'une femme qui aime se divertir est forcément une traînée ?

— Non, ce n'est pas ma façon de voir les choses, répondit-il calmement. Les femmes ont le même droit que les hommes à prendre du bon temps. Justement, il m'a paru évident que c'était ton cas, alors tu peux essayer de convaincre du contraire qui tu veux sauf moi ! Ton histoire de virginité ne prend pas.

— Sors d'ici, ordonna-t-elle.

— J'allais le faire, lâcha-t-il avant de claquer la porte derrière lui.

Immobile, Lissa écouta son pas de colosse résonner sur la terrasse et se fondre dans la nuit. Bon débarras ! Cet homme était d'une arrogance invraisemblable et elle espérait ne plus jamais le revoir ! Si seulement son corps ne l'avait pas trahie, un moment plus tôt… Pourquoi fallait-il que ce soit précisément lui, ce goujat prétentieux, qui lui ait révélé d'exquises sensations jusqu'alors inconnues ?

Exaspérée, elle se réfugia dans la salle de bains pour se démaquiller, se brosser les dents, ôter sa robe de demoiselle d'honneur et enfiler, avec une profonde satisfaction, un long T-shirt orné de chatons dans un cœur. Rien de plus anti-sexy que ça, jugea-t-elle en allant se coucher.

Mais une fois dans son lit, sa mauvaise humeur la poursuivit. Frappant sans pitié ses oreillers, elle maudit Takis Samaras. Pourquoi diable lui avait-elle soudain révélé qu'elle était vierge ? Quelle mouche l'avait-elle donc piquée ? Personne ne connaissait ce secret ! Elle le gardait jalousement, et le premier être humain avec qui elle le partageait n'avait rien trouvé de mieux à faire que de se moquer d'elle. Pire : Takis refusait de la croire !

Comme elle allait éteindre sa lampe de chevet, Lissa se rappela qu'elle devait prendre son médicament. Depuis presque deux ans, elle suivait un traitement afin de juguler les effets de son hyperthyroïdie. Désormais, la perte de poids, la fatigue et les problèmes de tension étaient conjurés.

Au moment où elle tentait de percer en tant qu'actrice à Hollywood, elle avait éprouvé un épuisement physique inquiétant, et sa colocataire l'avait envoyée consulter un médecin. Aurait-elle mené une autre vie si elle avait été diagnostiquée plus tôt ? Peut-être, mais la maladie n'était ni une excuse, ni une explication à tout, pensa-t-elle avec sévérité. Toutefois, les photos volées où elle apparaissait pâle et amaigrie étaient légendées de titres mensongers : Lissa s'était vu injustement accuser par les réseaux sociaux de consommer des drogues dures ! Takis avait-il également vu ces clichés-là ?

Elle avait l'impression de sentir encore la pression de ses lèvres sur les siennes... Et dès qu'elle ferma les yeux, son visage lui apparut dans toute sa diabolique séduction. L'amertume l'accompagna tandis qu'elle glissait dans le sommeil. L'amertume du regret. Elle n'aurait su pourtant dire si elle regrettait davantage de l'avoir laissé l'embrasser, ou d'avoir elle-même mis fin à cette étreinte.

4.

Non sans mauvaise humeur, Takis contempla la piste de danse où virevoltaient des femmes parées de couleurs vives dans les bras de messieurs semblables à des pingouins. Cette année, le grand gala de charité organisé par la fondation Zagorakis et orchestré par Jace était donné au Pangalos.

La soirée battait son plein et le succès de l'événement semblait gagné : la vente aux enchères avait battu son propre record, le gratin de la bonne société européenne avait répondu présent, et la foule était dense. Parmi les nombreux danseurs, Takis cherchait vainement le carré blond de Lissa Buchanan.

Pourquoi diable était-il venu ? Sans doute parce qu'il participait toujours à l'événement. Mais débordé par les obligations professionnelles, il s'était fait fort de décliner l'invitation – puis, au dernier moment, sur un coup de tête, il avait quitté ses bureaux d'Athènes pour se faire déposer ici par hélicoptère.

Il y avait un mois qu'il n'avait pas remis les pieds au Pangalos. Depuis la fameuse soirée où, assumant jusqu'au bout ses devoirs de témoin au mariage de son meilleur ami, il avait déposé la demoiselle d'honneur chez elle, et que…

Sa mâchoire se mit à grincer au souvenir de leur baiser enflammé – immédiatement suivi d'une sacrée douche écossaise. La colère remontait en lui, intacte, dès qu'il repensait à l'incroyable sensualité de leur étreinte, à la façon dont la bouche de Lissa fondait de plaisir au contact de la sienne. Ils s'étaient consumés dans un même élan de désir surpuissant, il le savait, de même qu'il était certain de s'être fait manipuler par cette femme. Elle s'était jouée de lui comme d'une marionnette.

Il ne s'expliquait pas non plus sa fureur, l'intensité de sa frustration, lorsqu'elle l'avait rejeté. Il était certes rare qu'une femme refuse ses faveurs, mais naturellement, comme à tout le monde, cela lui était arrivé, et il prenait la chose avec élégance, en souriant. Alors que cette fois… Il avait honte de s'être comporté comme un adolescent capricieux, débordé par ses hormones.

À cause d'elle, il avait eu l'impression de régresser. Lissa le renvoyait au moment le plus pénible de sa jeunesse…

D'un geste dominateur, Marina posa les bras sur ses épaules et le toisa d'un regard direct.

— Je parie que tu n'as encore jamais embrassé une fille. Tu veux que je te montre comment on fait ?

Takis déglutit. Son corps lui faisait mal à force de se tendre et de brûler. Mais même s'il détestait Spiros, il éprouvait une forme de loyauté envers lui.

— Tu es la femme de mon père, souffla-t-il d'une voix à peine audible.

Marina se mit à glousser.

— Un petit baiser ne peut pas faire de mal.

Aspiré par son regard incandescent, il hésita encore avant de presser maladroitement sa bouche contre la sienne. Tous ses membres tremblèrent lorsqu'elle entrouvrit les lèvres. Avec toute la tendresse de son cœur d'enfant, Takis embrassa Marina, jusqu'au moment où le pas lourd de son père résonna depuis le couloir.

En toute hâte, il s'écarta. Marina lui saisit le bras.

— Jure que tu vas nous emmener loin d'ici, Giannis et moi, ordonna-t-elle. Sinon, je dis à Spiros que tu m'as embrassée.

— Si tu fais ça, il me tuera, répondit-il.

La brutalité de son père n'avait pas besoin de motif recevable pour s'exercer contre lui, alors si elle mettait sa menace à exécution…

— Dans ce cas, triompha Marina, tu devrais sérieusement préparer notre départ.

Manipulé. Marina l'avait manipulé. Takis l'avait compris sur-le-champ. Son cœur trop naïf, son innocence juvénile avait reçu une bonne leçon. Quand l'amour n'était pas la voie de la souffrance et de la perdition, il se réduisait à une chimère. Mieux valait faire tout de suite une croix dessus.

Cette nuit-là, il avait quitté son foyer, déterminé à échapper à la perversité de sa belle-mère. Et quelques jours plus tard, il avait appris que Spiros, Marina et Giannis étaient morts tous les trois dans l'incendie de la maison.

Faire le deuil de son père n'était pas difficile. Vis-à-vis de Marina, sans doute éprouvait-il une vague culpabilité, ne lui ayant pas permis de s'enfuir. Mais l'épreuve insurmontable, c'était la disparition de son petit frère. Takis avait abandonné l'enfant à cet effroyable sort. Il aurait dû l'emmener. Ou bien rester, pour le sauver du brasier infernal.

Au buffet, il commanda un whisky et s'astreignit à se concentrer sur le présent. La musique disco, les rires et les bribes de conversation… la piste de danse. Les yeux dans les yeux, visiblement au comble du bonheur, Jace et Eleanor valsaient, et Takis ne put s'empêcher de fixer le visage de son ami avec envie. Dire qu'il avait cru que ce mariage était une machination de la part de Jace pour récupérer le Pangalos… En réalité, il ne l'avait jamais vu aussi radieux, aussi serein. Et même s'il connaissait peu Eleanor, il avait l'impression qu'elle s'était épanouie, elle aussi. Ravissante dans une robe couleur rubis, elle se laissait amoureusement enlacer par son mari.

Quant à sa sœur… Il se reprocha de penser à Lissa Buchanan et, plus encore, de regretter son absence. Oui, il était déçu de ne pas la voir au bal et aurait juré qu'elle ne raterait pour rien au monde une soirée si mondaine. Se donner en spectacle chaque fois que c'était possible, après tout, restait sa signature !

Par fierté, il n'avait osé interroger Eleanor. Jace avait seulement mentionné que Lissa travaillait au Francine's, l'hôtel d'Oxford de Gilpin Leisure. Eleanor avait hérité de la direction du groupe à la mort de son grand-père, Kostas Pangalos, et Takis savait aussi que la cadette n'aurait accès au fonds de pension prévu pour elle par son aïeul qu'à ses vingt-cinq ans. Était-ce pour cette raison qu'elle avait prié sa sœur de l'employer ? Takis préférait ne pas imaginer quel genre de réceptionniste elle pouvait faire, à accueillir les clients tout en se peignant les ongles…

Un brouhaha du côté de la terrasse attira son attention. Plusieurs hommes élevaient le ton, et lorsque la foule s'écarta, il vit apparaître…

Lissa. C'était elle. Un battement de tambour retentit dans sa cage thoracique, mais il reprit vite ses esprits. Un sourire amusé lui monta aux lèvres. Naturellement, qui aurait pu troubler la soirée, sinon Lissa Buchanan ?

Dans un fourreau moulant entièrement couvert de sequins argentés, elle était éblouissante. Le bustier sans bretelle sublimait la finesse de ses épaules nues, et une longue fente de la jupe remontait jusqu'au niveau des cuisses, révélant les rayures du haut de ses bas. Rien de surprenant à ce que son entrée ait causé un vif émoi chez les messieurs, pensa-t-il, sans se priver d'admirer les mèches lisses blondes qui encadraient son visage de poupée.

Décidément, il la lui fallait. Ce serait d'ailleurs le meilleur moyen de le délivrer de l'emprise qu'elle exerçait sur lui depuis quatre longues semaines.

Sachant pertinemment ce qu'il faisait, il reposa son verre et traversa la salle de bal dans sa direction.

Lissa eut l'impression d'avoir reçu un coup au creux de l'estomac lorsqu'elle vit Takis foncer droit sur elle, depuis l'autre bout de la salle. Oh ! bon sang, non. Que faisait-il ici ? Elle n'avait accepté l'invitation qu'après avoir entendu Eleanor lui affirmer que le meilleur ami de Jace ne pourrait assister au gala cette année. La dernière chose dont elle avait envie, c'était de se retrouver face à l'être le plus arrogant de la planète.

Jusqu'à présent, elle avait plutôt passé un moment agréable – ou du moins tentait-elle de s'en convaincre. Les candidats à une danse avec elle se pressaient au portillon, et le champagne l'aidait à rire, à flirter, à faire semblant d'être la reine des mondanités qu'on voulait qu'elle soit.

Elle était seule à savoir que la réalité était bien différente. En fait, elle s'ennuyait. Probablement davantage que lors des autres soirées, mais cette douce chape d'ennui lui manquait depuis qu'elle avait repéré Takis. Elle avait eu l'impression qu'une bombe explosait en elle. La déflagration se faisait sentir à tout instant, et un frisson électrisant courut à la surface de sa peau, tandis qu'il approchait.

Dans ce smoking qui mettait en valeur sa haute taille et sa musculature, Takis Samaras semblait plus dangereux encore qu'un mois auparavant. Les deux premiers boutons de sa chemise de soie étaient ouverts sur sa peau ambrée, et elle rassembla son courage. Impossible de le saluer comme un inconnu. Ni comme une vieille connaissance.

Comme il parvenait à sa hauteur, elle sentit la panique

s'engouffrer en elle et adopta par réflexe une posture défensive.

— Je croyais que tu ne devais pas participer au gala, coassa-t-elle d'une voix altérée par le trouble.

— Moi aussi. Mais ma réunion s'est terminée beaucoup plus tôt que prévu. Qu'est-ce que tu as encore fait ?

Il leva le menton, comme pour désigner l'abord de la terrasse.

— Tu as voulu déclencher un duel à mort entre deux soupirants ? ajouta-t-il.

L'accusation la fit rougir. Les parents de Jean-Claude Delfour possédaient un important vignoble dans la Loire, et Tommy Matheson était le fils d'un nabab de Boston. Chacun d'eux représentait sa famille pour faire une donation aux enchères, et Lissa avait fait leur connaissance à l'époque où elle faisait la fête à Londres.

— Ils sont ivres, expliqua-t-elle en haussant les épaules. Je ne suis pas un morceau de viande qu'on se partage. C'est moi qui décide avec qui j'ai envie de danser.

Takis la dévisagea d'un air indéchiffrable, arrimant son intense regard gris au sien. Un regard magnétique.

— Décide de danser avec moi, suggéra-t-il.

C'était moins une invitation qu'un ordre, constata-t-elle. Or elle n'avait aucune envie de lui obéir. Pourtant, son corps s'avança vers lui sans qu'elle l'ait voulu, et elle posa la main sur le satin de sa veste, tandis qu'il l'entraînait sur la piste. Ce fut le moment que choisit le DJ pour renoncer au disco endiablé sur lequel se trémoussaient les danseurs et passer un slow langoureux.

Vaincue, Lissa se laissa aller à la cadence de Takis, sous l'emprise de son charisme infernal, pressée tout contre lui – si près que son souffle lui caressait la joue.

Envoûtée par la chaleur qui l'envahissait, elle murmura :

— Tu ne m'as pas appelée.

Quelques jours après son départ, après le mariage de sa sœur, il lui avait envoyé un texto.

Dès son retour à Oxford, elle s'était réfugiée dans le travail. La nouvelle vie d'Eleanor en Grèce rebattait les cartes, en ce qui concernait la gestion de Gilpin Leisure, le groupe hôtelier de leur grand-père. Puisque sa sœur se chargeait pour le moment du Pangalos, Lissa avait su la convaincre de lui confier la direction générale du Francine's. Elle avait toujours désespérément eu besoin de prouver qu'elle était capable de tenir son rôle dans les affaires familiales, ce que lui interdisait Pappoús, nc voyant en elle qu'une agitatrice immature.

Mais après avoir renoncé à une trop hasardeuse carrière au cinéma, et ayant tourné le dos au mannequinat pour de bon, Lissa avait quitté la Californie. En s'installant à Londres, elle avait repris ses études supérieures et obtenu son diplôme de gestion hôtelière. Son stage dans un prestigieux établissement de Mayfair l'avait convaincue d'être capable de diriger le Francine's, le palace si familier où elle avait grandi, depuis la mort de ses parents.

Les premières semaines avaient été rudes. En héritant du groupe, Eleanor avait dépensé des sommes importantes dans la réhabilitation du Francine's. Ravalement complet de la façade, nouveau système de climatisation dans les chambres, adjonction d'un second ascenseur, rénovation totale des cuisines du restaurant… Il était désormais impératif d'afficher complet, Lissa en était consciente, et ses réunions avec l'équipe marketing duraient jusque tard le soir.

Elle venait de se coucher en poussant un profond soupir quand l'écran de son smartphone s'était illuminé, et qu'elle avait lu ces mots :

J'aimerais bien avoir de tes nouvelles.

Comment avait-il obtenu son numéro ? L'avait-il extorqué à sa sœur ?

Elle plongea son regard dans le sien, ignorant les flammes qui dansaient dans son regard sombre, et enchaîna :

— Tu t'es imaginé que j'aurais envie de discuter avec toi après la façon dont tu t'es conduit, la dernière fois ? J'admets que je te trouve mignon, mais pas mignon à ce point-là.

Il se mit à rire, de sa voix si grave et si sensuelle qui lui donnait la chair de poule.

— Mignon ? répéta-t-il d'un ton amusé. Oh non, je n'ai rien d'un petit chiot.

Son sourire s'évanouit, et il ajouta :

— Tu devrais plutôt garder tes distances.

— Pour danser, tu avoueras que c'est difficile, observa-t-elle en feignant d'ignorer son avertissement.

— Quant à ma conduite, comme tu dis, sache que je suis revenu frapper à ta porte le lendemain matin. Je voulais m'excuser. Une femme de chambre m'a annoncé que tu étais partie pour l'aéroport.

— Oui, j'ai obtenu un vol de bonne heure, mentit-elle en souriant.

Au fond, elle était heureuse qu'il exprime ses regrets. Peut-être pouvaient-ils repartir du bon pied… Mais vers quoi ? se demanda-t-elle, alors qu'il l'enlaçait plus étroitement, lui faisant sentir l'ardeur de son érection.

Aussitôt, un brasier s'alluma dans son bas-ventre et elle eut l'impression que son sang se mettait à bouillir dans ses veines. Il était incontestable qu'une étrange attirance s'exerçait entre eux, une alchimie particulière à laquelle elle n'était pas sûre de vouloir résister. Pour autant, aurait-elle le courage de se jeter au feu, cette fois ?

— On reprend de zéro ? proposa-t-il, comme s'il lisait dans ses pensées.

Il la fascinait. Aucun homme ne l'avait jamais hypnotisée ainsi. Takis était à part.

— C'est d'accord, chuchota-t-elle en fermant les yeux, poursuivant leur danse d'une sensualité de plus en plus affirmée.

D'un pas habile, il l'entraîna vers le coin le plus désert de la piste, puis sur la terrasse où seuls quelques invités se tenaient ici et là, à bavarder tranquillement.

— Tu passes la nuit dans l'appartement privé ? s'enquit-il.

— Non. La mère de Jace y est installée, et comme l'hôtel est plein, Eleanor m'a trouvé une chambre dans le bâtiment du personnel. Je ne me plains pas : j'ai décidé de venir à la dernière minute.

Un sourire satisfait se dessina sur les traits de Takis.

— J'ai acheté ma nuit dans le meilleur bungalow aux enchères, tout à l'heure, répondit-il avec arrogance. Avec piscine privée où on peut nager nu en regardant les étoiles.

Les joues de Lissa rougirent, comme se formait dans son esprit l'image de Takis nu dans l'eau. Elle entendait le clapotis, elle voyait le ruissellement sur ses muscles, tandis qu'il entamait un crawl.

— Ça te fait envie ? s'enquit-il d'un ton incandescent.

Lissa en eut le souffle coupé.

— De nager sous les étoiles, je veux dire ? précisa-t-il.

Les battements de son cœur s'affolaient. Une merveilleuse ardeur la galvanisait, et elle voulait continuer à se noyer dans son regard.

— Tu as envie de te baigner avec moi ? dit-elle très bas.

Elle franchissait le point de non-retour. Elle se jetait dans l'inconnu tête la première.

— Oui.

Immobile, elle le regarda se pencher sur elle et savoura

le contact de ses lèvres fermes et chaudes. Le baiser fut encore plus délicieux que dans son souvenir.

— C'est une nuit idéale pour se baigner sous la voûte céleste, *koúkla mou*, murmura-t-il en lui prenant la main.

5.

Takis ferma la porte du bungalow derrière elle. Ils étaient seuls. Lissa se retrouvait en tête à tête avec l'homme le plus énigmatique et le plus séduisant qu'elle ait rencontré de sa vie. Mais son bref élan de confiance et sa bravade commençaient à se fissurer. L'appréhension regagnait du terrain, ainsi que sa fébrilité.

Ils étaient là *pour une seule raison.*

Ensemble, seuls, un homme et une femme, dans l'intimité et le luxe du pavillon réservé pour une nuit…

— Un verre ? proposa-t-il.

Il était tentant de chercher un peu d'assurance dans l'alcool, mais elle n'avait jamais oublié la terrible humiliation dont elle avait souffert à dix-sept ans.

— Non, merci.

Tout se passait comme si elle était redevenue une adolescente, comme si elle vivait son premier rendez-vous amoureux.

En gentleman, Takis se tenait devant le bar, à sage distance, mais la situation avait complètement changé depuis la dernière fois qu'ils s'étaient retrouvés seuls au Pangalos.

— Je n'ai pas vraiment l'habitude de faire ça, expliqua-t-elle, comprenant qu'elle se montrait d'une timidité enfantine. Me rendre dans la chambre d'hôtel d'un homme que je connais à peine, je veux dire…

— Ah non ?

Il paraissait étonné. Comment le lui reprocher ? Tout le monde la prenait pour quelqu'un qu'elle n'était pas.

— Tu peux repartir d'ici comme tu y es entrée, en toute liberté, reprit-il avec décontraction. Agis à ta guise. Mais moi, je rêve de m'offrir un petit plongeon. Si tu en as envie, rejoins-moi, d'accord ?

Médusée, elle le regarda ouvrir la porte de la baie vitrée et se rendre sur la terrasse, la laissant au beau milieu du salon.

Au moins, il lui rappelait avec une simplicité appréciable qu'elle pouvait faire machine arrière à tout moment. Elle l'avait presque oublié.

Sans doute parce qu'elle ne le souhaitait pas. Oh non. À aucun prix. Les sensations incroyables qui fusaient en elle chaque fois qu'elle se trouvait en sa présence la poussaient, au contraire, à explorer sa propre sensualité, celle qu'elle retenait *comme pour prouver qu'elle ne méritait pas sa réputation de fille facile*.

Oh ! bon sang, elle avait vingt-trois ans ! Saurait-elle se comporter enfin comme n'importe quelle célibataire de son âge ? Le temps du mannequinat et des tabloïds était révolu, derrière elle. Elle n'avait plus rien de la candidate anonyme cherchant sa voie à Hollywood. Son grand-père était mort et, avec lui, leur vaniteux bras de fer. Diplômée, à la tête d'un hôtel, elle avait acquis son indépendance, son statut d'adulte responsable. Le moment était venu de mordre dans cette liberté à pleines dents, de suivre son désir.

Le bruit d'un plongeon lui parvint et, lentement, elle se dirigea vers la baie vitrée. La lumière du salon éclairait la terrasse, mais toutes les lampes extérieures étaient éteintes, y compris celles de la piscine.

La silhouette sombre de Takis se découpait à peine sur l'eau, et elle le regarda accomplir plusieurs longueurs.

— Ah, tu as décidé de rester, dit-il d'une voix ne laissant rien deviner de ses pensées.

— Oui.

S'efforçant de dominer le battement frénétique de son cœur, elle fit quelques pas dehors, ses talons claquant sur les dalles de pierre.

— Mais je n'ai pas de maillot.

Cessant de nager, Takis s'accouda au rebord, dans le halo de la lumière. Un sourire carnassier apparut sur son visage.

— Moi non plus, dit-il.

Retenant son souffle, elle le vit reculer de quelques pas, debout. Des gouttelettes perlaient sur la peau dorée de ses épaules si rondes, si solides. Elle suivit des yeux la direction de la fine toison brune qui courait sous ses pectoraux, passant sur ses abdominaux jusqu'à la naissance de…

Un indescriptible mélange de soulagement et de déception la gagna lorsqu'elle aperçut la bande élastiquée de son boxer noir.

— Je me permets de présumer que tu portes des sous-vêtements, ajouta-t-il en souriant. Ce ne sera pas très différent d'un bikini. Tu veux que je vienne t'aider à défaire la fermeture de ta robe ?

— Je vais m'en sortir seule, répondit-elle.

Proclamation hâtive : la fermeture dorsale était inaccessible et Lissa se débattit avec sa robe quelques minutes avant de parvenir à la faire tomber, telle une pluie de sequins, sur le sol de la terrasse. Ainsi, elle se retrouva soudain en talons aiguilles, bas, slip en dentelle et soutien-gorge bandeau devant lui. Sur une plage, elle était moins couverte que ça, se hâta-t-elle de se rappeler pour se donner du courage.

Le long sifflement admiratif de son hôte eut pour effet immédiat de durcir ses tétons et, plutôt que de se laisser intimider, elle ôta ses bas et se déchaussa.

— De quel côté entre-t-on ? demanda-t-elle en faisant le tour du bassin.

— C'est la même profondeur partout. Je mesure un mètre quatre-vingt-cinq et tu vois, je dépasse la surface d'une tête. Mais tu es plus petite que moi, alors…

Il parut ennuyé et enchaîna :

— Je n'ai pas éclairé la piscine pour qu'on puisse mieux admirer le ciel, mais si tu préfères, l'interrupteur se trouve derrière toi, à côté du volet.

Évidemment, impossible de saisir cette perche sans passer pour une fillette terrifiée par le « petit bain »… L'éclairage était donc exclu. Mais pourquoi, *pourquoi diable* avait-elle trouvé que venir nager avec lui était une bonne idée ?

— Je ne suis pas très à l'aise dans l'eau, admit-elle. En général, j'évite la zone où je n'ai pas pied.

Takis disparut, parcourut toute la longueur de la piscine sous l'eau et refit surface près d'elle.

— Je resterai près de toi pour que tu puisses t'accrocher à moi si besoin, offrit-il.

Sa gentillesse ne suffisait pas, et l'angoisse de Lissa ne faisait qu'augmenter. Cependant, elle n'allait pas rester toute sa vie devant ce stupide bassin, pensa-t-elle avec agacement. Surmontant sa phobie, elle agrippa l'échelle et enfonça les jambes dans l'eau – tiède, caressante, merveilleusement attirante. Puis, elle bascula lentement en avant : le bassin, puis la poitrine – et elle esquissa une brasse. Après la longue et chaude soirée sur ses escarpins, la baignade était exquise… Par réflexe, elle chercha le fond du bout de ses orteils et, ne le trouvant pas, sentit la panique revenir. Battant violemment des bras, elle avala une gorgée d'eau.

— Détends-toi, je suis là, assura la voix calme de Takis.

Ses bras puissants s'enroulèrent sous sa poitrine, la maintenant la tête hors de l'eau.

— Tout va bien, je peux y arriver, prétendit-elle en souriant. Si tu peux juste me guider vers le bord, pour que je puisse m'y retenir ?

— Bien sûr. Essaie de te relaxer. Qu'est-ce qui te gêne tellement à l'idée d'être dans une piscine ?

Tandis qu'elle se retenait à son épaule, s'efforçant d'ignorer la douceur de sa peau sous la sienne, elle fut tentée d'employer son vieux système de défense, celui de la fille superficielle : elle pouvait raconter qu'elle n'aimait pas mouiller sa coiffure... Mais quelque chose, dans le regard bienveillant de Takis, l'incita à préférer la vérité.

— J'avais dix ans quand mes parents se sont noyés, dit-elle d'une voix blanche. Ils étaient partis fêter leur anniversaire de mariage au Sri Lanka. Ils m'ont embrassée en me souhaitant de bonnes vacances chez mes grands-parents, et ils ne sont jamais revenus.

— C'est terrible, souffla-t-il. Ta peur de l'eau est bien compréhensible... Tu n'as pas pu en parler à quelqu'un pour être aidée ?

Lissa secoua la tête.

— J'ai gardé ça pour moi. Il était impossible d'en discuter avec mon frère et ma sœur, parce que je ne voulais pas leur avouer que je pensais à la terreur de maman, chaque fois que j'entrais dans l'eau. C'était trop douloureux pour nous trois. Elle s'est fait surprendre par un courant violent, qui a également emporté mon père lorsqu'il s'est précipité à son secours.

— Quelle tragédie... Mais écoute, je te promets que tu

ne risques rien avec moi. Tu veux bien me faire confiance si je m'engage à veiller à ta sécurité, *koúkla mou* ?

Lissa n'avait aucune raison de se fier à lui. Pourtant, elle acquiesça timidement.

— Oui.

Il sourit avec chaleur.

— Ta confiance reviendra peu à peu si tu apprends à flotter. Allonge-toi et tâche de te détendre : je te porte.

Malgré la bonne volonté de Lissa, il fallut plusieurs minutes pour qu'elle parvienne à s'étendre en étoile. Le bras puissant de Takis ne la quittait pas. Enfin, serrant les dents, elle réussit l'exercice.

— Il faut du courage pour faire face à ses peurs, rappela-t-il. Je te félicite. Tu viens de franchir avec panache la première étape, et je suis certain que tu deviendras vite une nageuse émérite.

— Merci de te montrer si patient, lâcha-t-elle en relâchant peu à peu la tension de ses muscles.

Une main dans son dos, l'autre sous sa tête, Takis murmura :

— Regarde là-haut.

Lissa ouvrit grand les yeux et retint son souffle. Toute la voie lactée brillait dans le noir au-dessus d'elle. Des constellations dont elle ignorait le nom se découpaient distinctement. Jamais elle n'avait vu tant d'étoiles… c'était magique.

— Quelle merveille ! J'ai pratiquement toujours vécu en ville, où la pollution lumineuse empêche d'admirer le ciel.

Il soupira.

— Quand j'étais petit, j'escaladais la montagne la nuit, et j'avais parfois l'impression d'être assez près des étoiles pour les toucher du bout des doigts.

— C'est vrai ? Tu devais habiter dans une région magnifique.

À peine eut-elle prononcé ces paroles que le ton de Takis changea. Il s'esclaffa :

— Il y a quinze ans que je n'y ai pas remis les pieds. Hormis quelques touristes l'été, les gens du coin n'avaient guère de moyens de subsister. J'escaladais avant tout la montagne pour voir si, de l'autre versant, le monde paraissait moins dur. Et j'avais hâte de fuir.

Ce récit éveillait la curiosité de Lissa. Elle aurait aimé en savoir davantage, mais à la contraction de sa voix, elle comprit que pour lui, le sujet était clos.

En silence, elle rompit la position de la planche et se posta debout dans l'eau pour contempler la voûte céleste avec lui. Seuls le clapotis de l'eau et le souffle régulier de sa respiration troublaient la quiétude de la nuit. Derrière elle, le corps massif et rassurant de Takis formait comme une muraille protectrice. Elle renversa la tête en arrière pour s'appuyer sur son épaule, et elle sentit bientôt la force de son érection contre la base de ses reins.

— Une question me tourmente, reprit-il soudain. Pourquoi as-tu accepté de venir te baigner dans ma piscine si tu avais si peur de l'eau ?

— Parce que je ne pensais pas que nous allions vraiment nous baigner, avoua-t-elle en se retournant.

Leurs regards se rencontrèrent. Lissa se sentit hypnotisée.

— Ah, murmura-t-il. Dans ce cas, l'attraction, c'était le ciel étoilé ?

Elle aurait pu répondre que oui. C'était facile. Mais elle avait envie de se montrer honnête, tant envers Takis que vis-à-vis d'elle-même.

— Non, dit-elle. C'est toi, l'attraction.

Sa franchise parut le subjuguer, et il la dévisagea longuement, une lueur admirative dans les yeux.

— Tu es extraordinaire. Accroche-toi à mon cou, ordonna-t-il.

Elle obtempéra et l'eau se fendit sur leur passage. Il nagea vers l'échelle, puis la suivit tandis qu'elle se hissait hors de la piscine.

L'air de la nuit était doux, chargé des parfums des oliviers et des bougainvilliers. Lissa frissonna en se trouvant face à lui.

— Tu as froid ? s'enquit-il, sans la quitter des yeux.

Avançant une main vers elle, il laissa lentement traîner un doigt sur la clavicule saillante de son cou, avant de descendre entre son décolleté et de heurter son bandeau.

— Il faut qu'on te débarrasse de ces sous-vêtements trempés, murmura-t-il.

Baissant les yeux, Lissa s'aperçut que son soutien-gorge était devenu transparent. Ses tétons dardaient à travers le tissu. S'il lui était resté un peu de bon sens, elle aurait couru dans le bungalow pour s'envelopper d'un drap de bain, se sécher et se rhabiller, mais son cerveau était bloqué.

Ses pieds semblaient rivés aux dalles de la terrasse.

Une boule de feu lui nouait la gorge, et lorsque Takis glissa une main derrière elle pour faire sauter l'agrafe du bandeau, elle le laissa faire.

En tombant, le tissu détrempé fit un bruit qui la ramena soudain au soir où son premier petit ami avait vu ses seins nus, et à la cascade d'événements humiliants qui s'était ensuivie. Elle avait ignoré l'existence des photos jusqu'à leur publication.

Mais elle se concentra sur le regard de Takis. Il venait de lui prouver qu'elle pouvait avoir confiance en lui. Mieux encore, qu'elle savait surmonter ses peurs.

— Tu es si belle, souffla-t-il en effleurant encore ses épaules d'une caresse délicate.

Tellement délicate qu'elle en avait le vertige. Soutenant son regard, elle accueillit son baiser avec une fièvre qui la stupéfia elle-même. Sa bouche était tendre, chaude, affamée, et elle enroula sa langue autour de la sienne avec passion.

Un brasier s'allumait en elle, son sang se changeait en lave et elle avait envie de lui. Ses deux mains, masculines et larges, couraient sur les courbes nues de son corps, et à l'instant où il posa les doigts sur ses seins gonflés de désir, elle gémit.

— Tu aimes ça ? s'enquit-il d'un ton rauque.

— Oui.

Elle en voulait plus. Des sensations nouvelles fusaient dans sa chair, des sensations qu'elle n'avait pas même éprouvées dans les bras de Jason, et elle se cambra sous ses mains pour qu'il caresse encore ses tétons.

Soudain, il lâcha un grommellement de frustration, la souleva dans ses bras et, en quelques enjambées, la conduisit dans la vaste chambre pour la renverser sur le lit.

Après s'être allongé près d'elle, il planta son regard dans le sien.

— Tu te rends compte de ce que tu me fais ? gronda-t-il d'une voix éraillée. J'ai essayé de t'oublier et je n'ai pas pu.

— Moi non plus, avoua-t-elle en passant vivement ses bras autour de son cou pour l'embrasser avec frénésie.

Ils échangèrent un long, un incandescent baiser, qu'il interrompit pour se pencher sur l'un de ses seins et happer sa pointe entre ses lèvres.

— Oh oui, gémit-elle en enfonçant ses ongles dans ses cheveux mouillés, l'invitant à aspirer plus fort sa chair en fusion.

Ensorcelée par ses caresses, elle savourait la puissance du plaisir qui la traversait. Jamais elle n'aurait cru possible de ressentir un plaisir aussi pur, et elle se mit à haleter pendant qu'il traçait de sa langue experte des cercles brûlants autour de ses aréoles, revenant sans cesse embrasser, lécher, sucer ses tétons.

Ses hanches ondulaient doucement, au rythme de sa lente et délicieuse torture, et ses cuisses s'entrouvraient, comme s'il était de plus en plus difficile d'attendre qu'il vienne la caresser *là* aussi.

Tout son corps tremblait à la fois de désir et de plaisir. Transportée dans une autre dimension, elle s'abandonnait à ses sens, grisée par le parfum épicé de Takis, par la chaleur et la précision de ses gestes.

Un frisson la parcourut à l'instant où elle perçut un mouvement sur la peau si fine et sensible de son entre-jambe, et dès que les doigts en feu de Takis s'infiltrèrent sous la dentelle de son slip, elle écarta encore les cuisses.

Une sensation électrisante la secoua de spasmes alors qu'il effleurait voluptueusement son clitoris.

— Dis-moi ce que tu aimes, *koúkla mou*, murmura-t-il d'un ton guttural.

Sa voix, pleine de sollicitude et tellement virile, parachevait le sortilège. Certes, Lissa était bien en peine de lui répondre. Mais son manque d'expérience ne comptait plus, cela n'avait aucune importance. Takis l'embrassait avec une sensualité débridée, et de sa main, de ses caresses prodigieuses, faisait entrer son corps en éruption. Des ondes de plaisir de plus en plus puissantes montaient en elle, tandis que son sexe trempé s'ouvrait à lui. Lorsqu'une secousse de plaisir pur la fit trembler de tous ses membres, qu'une nappe d'extase se répandit en elle pour tout emporter, elle comprit qu'elle venait de connaître son premier orgasme.

À bout de souffle, elle ouvrit les yeux et vit le visage grave de Takis penché sur elle. Son regard était embué de désir.

— Je veux te faire l'amour, Lissa, dit-il. Je ne pense qu'à ça depuis des semaines et ça me rend fou. Mais…

Il se redressa, s'accoudant dans un oreiller pour se reculer de quelques centimètres et poursuivre :

— Avant d'aller plus loin, je tiens à me montrer clair. Je ne veux absolument pas d'une relation sérieuse. J'ai envie de toi, en ce moment, pour cette nuit, et c'est tout ce que j'ai à te proposer. *Une* nuit ensemble. Mais fabuleuse !

Elle lui était reconnaissante de sa franchise, même si une étrange douleur lui tiraillait le ventre.

— Qu'est-ce que tu as contre les relations sérieuses ? demanda-t-elle sans dissimuler sa curiosité.

— Ma vie m'appartient, répondit-il en haussant les épaules. Je travaille dur, je joue souvent gros, et je refuse d'être entravé par les engagements de la vie privée. J'aime le sexe, j'ai quelques talents dans ce domaine et, de mon point de vue, il se suffit à lui-même : c'est un phénomène physique et non la communication entre deux cœurs. Du reste, je n'ai *pas* de cœur.

Dans la semi-obscurité de la chambre, Lissa contemplait la pureté de ses traits sculpturaux. Son grand front lisse, son nez très droit, sa mâchoire carrée. Son corps d'Atlas et la grâce de son visage le rendaient fascinant. Pas de sentiments, pas d'explications, pas de morale ? Ce programme lui convenait parfaitement.

— Une nuit fabuleuse, répondit-elle en souriant, scellant leur pacte.

Le baiser par lequel il accueillit sa réponse lui fit battre le cœur sur un rythme endiablé, et elle l'aida à ôter son boxer tandis qu'il la débarrassait de sa culotte.

Lorsqu'ils furent nus, elle baissa les yeux sur son sexe énorme, dressé vers elle. Elle avançait déjà une main vers sa chair lisse et rose quand il lui saisit le poignet pour l'en empêcher.

— Pas maintenant, plus le temps, lâcha-t-il. J'ai trop envie de toi.

Elle le vit attraper son portefeuille sur la table de chevet et en sortir un préservatif qu'il enroula prestement.

Frémissante d'impatience, elle se laissa basculer sur le dos et sentit ses mains puissantes se plaquer sous ses cuisses, tandis qu'il se positionnait au-dessus d'elle. Enfin, c'était en train d'arriver. Elle était prête. Jamais un homme ne lui avait inspiré un désir aussi dévastateur. Ardente comme la braise, elle avait tellement envie de lui que des crampes d'envie lui traversaient le ventre. Dès qu'il happa ses lèvres d'un baiser furieux, elle gémit de plaisir, mais retint un cri lorsqu'il tenta de la pénétrer, rencontrant aussitôt une résistance. Cela ne dura qu'une fraction de seconde. D'un puissant coup de reins, il entra en elle et, alors que la douleur initiale disparaissait, elle éprouva une persistante sensation d'inconfort à mesure qu'il allait et venait.

6.

Ce n'était pas possible, pensa-t-il. Il devait avoir imaginé cette brève résistance.

— Je t'ai fait mal ?

Il se sentait hors de contrôle. Elle était brûlante, merveilleusement étroite.

— Non, murmura-t-elle en basculant des hanches d'avant en arrière, comme si elle cherchait une position plus satisfaisante.

Incapable de réprimer le désir qui le débordait, Takis se mit à la caresser d'une main, stimulant de mouvements aériens son clitoris en feu, tout en imprimant à leur étreinte un va-et-vient aussi languide que possible. Bientôt, le rythme se fit tribal, et lorsque vint l'orgasme, ce fut comme si un tsunami de plaisir l'atomisait en un million de particules de pure extase… Le phénomène était tellement incroyable, tellement fort qu'il en demeura une longue minute sans pouvoir respirer.

Jamais, il en était certain, jamais il n'avait fait une expérience pareille. Il découvrait jusqu'où le plaisir sexuel pouvait le porter. Hélas… Il n'en avait visiblement pas été de même pour Lissa.

Peu à peu, il s'extirpa du brouillard bienheureux où il flottait, prenant conscience qu'à côté de lui, la jeune femme restait immobile.

Était-ce possible ? Vraiment, c'était sa première fois ?

Il refusait d'y croire, mais la question s'incrustait en lui, lancinante. Si elle était réellement vierge, pourquoi avait-elle accepté de coucher avec lui ? Quelle arrière-pensée dissimulait-elle ? Les femmes voulaient toujours lui prendre quelque chose, il l'avait découvert à son corps défendant, à l'âge de seize ans, devant le sourire triomphal de Marina qui manipulait sans scrupule son innocence, son besoin de tendresse et son incontrôlable attirance…

Basculant sur le côté, il baissa les yeux sur le visage sans expression de la jeune femme et interrogea de but en blanc :

— C'était ta première fois ?

Il fallait qu'il sache la vérité.

— Oui, murmura-t-elle, les joues roses d'embarras.

Cette simple syllabe, ce tout petit mot déclencha en lui une avalanche. La culpabilité, la colère et la stupeur l'assaillirent.

— Pourquoi tu ne me l'as pas dit ? accusa-t-il. Si je l'avais su, je me serais montré moins direct, moins brutal…

La honte et les remords l'étranglaient.

— Mais je te l'ai dit, rappela-t-elle d'une voix qui lui fit comprendre qu'il avait gâché ce qui aurait dû être pour elle un moment magique.

Étouffant un juron, il se remémora leur querelle, un mois auparavant. Elle avait raison : elle lui avait avoué son inexpérience, et qu'avait-il fait ? Il s'était moqué d'elle.

— Je… Je ne comprends pas, balbutia-t-il. Qu'espérais-tu en échange de ta virginité ? Qu'attendais-tu de moi ?

— Rien, répondit-elle avec un calme déroutant. Pour être honnête, j'ai trouvé tout ça plutôt décevant.

« Décevant » ! La fierté de Takis en prenait un sacré coup, même s'il ne pouvait reprocher à Lissa ce verdict sans appel.

D'un bond, elle se leva, et il la regarda ouvrir la porte-fenêtre pour se diriger vers la terrasse.

— Qu'est-ce que tu fais ?

Elle s'accroupit pour ramasser sa robe et revint dans la chambre, où elle se mit à se tortiller en s'efforçant d'enfiler le fourreau.

— Eh bien, je me rhabille, expliqua-t-elle. Je ne peux pas retourner à ma chambre toute nue... Oh ! flûte, ce zip !

Dès que son visage refit surface, il vit briller des larmes dans ses yeux, et sa colère s'évanouit, ne laissant place qu'à sa culpabilité.

Bon sang. Elle lui avait dit la vérité. Il était averti, il savait qu'elle était vierge, et il n'en avait tenu aucun compte.

— Attends, plaida-t-il en se levant pour la rejoindre et l'attirer dans ses bras. Ne t'en va pas. Nous allons en parler.

— Parler de quoi ? opposa-t-elle d'une voix bouleversée. Je suis fatiguée, Takis.

Il fallait qu'il la retienne. Elle ne pouvait pas s'en aller maintenant.

— Pour commencer, reprit-il avec douceur, j'aimerais que tu me racontes comment tous ces tabloïds t'ont fait une réputation qui te correspond si peu.

Évitant son regard, elle haussa les épaules.

— C'est compliqué.

— Je n'en doute pas, répondit-il en serrant sa main dans la sienne et en l'engageant à revenir sur le matelas.

Il releva le couvre-lit sur elle et alluma la lampe de chevet, avant de s'installer près d'elle et de caresser ses cheveux.

— Je suis profondément navré d'avoir gâché ta première fois, dit-il en lui ouvrant ses bras, en espérant qu'elle vienne se blottir contre lui.

Elle parut hésiter un instant, mais lâcha un profond soupir en se lovant au creux de son épaule.

— J'ai commis une lourde erreur, ajouta-t-il. Je me suis fié à des ragots au lieu de te croire, quand tu te confiais à moi.

Lissa sentit tout son corps se libérer d'une pénible tension, et se recroquevilla dans la chaleur du grand corps de Takis. Durant un moment, elle s'était demandé ce qu'elle faisait là. Mais alors que son grand-père avait cru à chaque mot imprimé dans ces maudits journaux, que son frère et sa sœur faisaient semblant de les ignorer en ne lui posant jamais aucune question, Takis était la première personne à la prier de s'expliquer. À manifester un sincère intérêt.

— Tout a commencé quand j'avais dix-sept ans, déclara-t-elle. Un garçon qui s'appelait Jason m'a invitée chez lui. Il donnait une soirée. Il voulait devenir chanteur et donnait souvent des petits concerts dans les pubs d'Oxford. Toutes les filles de ma classe étaient folles de lui, et j'étais sidérée qu'il ait l'air de s'intéresser à moi.

Comme l'émotion montait en elle, elle sentit la main de Takis serrer plus étroitement la sienne.

— Son père était riche à millions et possédait une maison de disques. J'ignorais qu'il y aurait des adultes, des gens du métier, à cette soirée : notamment un journaliste et un photographe qui travaillaient pour un journal local. Jason m'a servi verre après verre. Je n'avais jamais bu d'alcool, mais je voulais avoir l'air d'une vraie femme et très vite, j'ai été complètement ivre.

Elle se mordit la lèvre avant d'enchaîner :

— Jason m'a proposé de sortir prendre l'air. Je lui ai permis de m'embrasser mais je ne me souviens pas de l'avoir autorisé à m'ôter mon soutien-gorge. Quoi qu'il en soit, je n'ai pas compris que les lumières étaient des flashs… Le lendemain, la une de la gazette locale annonçait quelque chose comme « Carnage sexuel avec une groupie », et j'apparaissais seins nus sur le capot d'une Rolls Royce avec Jason.

Fermant les yeux, elle s'efforça de conjurer le souvenir des cris de son grand-père. Il était à la fois scandalisé, mortifié, déçu.

— Mais pourquoi ne pas avoir exigé un démenti ? s'enquit-il.

— Je ne savais même pas que c'était possible. De toute façon, qui aurait voulu me croire ? La photo, à elle seule, agissait comme un couperet. Même mon grand-père refusait d'entendre mes explications. Jamais il n'a mis en doute ce qu'on racontait à mon sujet. Pour lui, les journaux ne faisaient que rapporter la stricte vérité. J'étais encore au lycée et... Puisqu'il voyait le pire en moi, j'ai immédiatement renoncé à me défendre.

— C'est une honte, répondit-il d'un ton sincère. Il aurait dû te soutenir, au contraire ! C'était à lui que revenait le devoir de te défendre !

Lissa poussa un profond soupir. Jusqu'à la mort de Pappoús, elle lui en avait voulu. Takis avait raison, il n'avait pas assumé son rôle de protecteur. Mais désormais, elle avait tendance à penser que c'était un problème générationnel. Il n'était pas préparé à vivre ce type d'incidents avec sa petite-fille.

— Cette célébrité m'a coûté très cher auprès de mes amis et de ma famille, poursuivit-elle, mais elle a attiré l'attention d'une agence publicitaire. Le marketing cherchait un visage exprimant la jeunesse et la rébellion pour une marque de cosmétiques. C'est ainsi que je suis devenue modèle. Bien sûr, je me suis retrouvée dans des soirées, et si j'aimais m'amuser, c'est vrai, les hommes ne m'intéressaient pas. Des clichés parfaitement innocents sont sortis, avec des légendes sulfureuses, plus idiotes les unes que les autres. Mon premier agent m'avait dit que toute publicité était bonne à prendre, alors j'ai laissé dire. De fil en aiguille, je me suis rapidement retrouvée avec une réputation usurpée.

Essuyant une larme qui roulait sur sa joue, elle lui retourna un regard désespéré et demanda :

— Qui a envie de croire quelqu'un qui dément des faits répétés partout ? Et puis les seules fois où mon grand-père prenait de mes nouvelles, à l'époque, c'était après avoir trouvé une photo de moi dans la presse. À défaut de mieux, je parvenais donc à gagner l'attention de Pappoús si je me conduisais mal.

Un sanglot l'étranglait, et elle cacha son visage entre ses mains pour conclure :

— Il n'a jamais cherché à savoir qui j'étais.

Takis posa une main amicale sur son épaule et répondit :

— Moi, je veux savoir. Qui est la véritable Lissa Buchanan ? Pourquoi les hommes que tu croisais à ces soirées ne t'intéressaient-ils pas ?

— Parce qu'il ne se passait rien entre nous, dit-elle. Je n'éprouvais rien : aucune étincelle ni courant particulier, pas d'attirance, pas d'envie de mieux les connaître… Jusqu'au mariage de ma sœur. Mais j'ai eu tort.

Il fronça les sourcils.

— Pourquoi ?

— Parce que j'ai cru que tu avais ressenti cette étincelle, toi aussi. Je me suis trompée. C'était juste l'envie de coucher avec moi.

Takis secoua lentement la tête.

— Ce n'est pas du tout ce que tu t'imagines, Lissa. Mon problème, c'est que je te désirais trop. Je ne m'étais jamais senti perdre le contrôle comme ce jour-là. Cela m'a rendu impatient, agressif, et… en proie à un manque effroyable. Je n'avais jamais éprouvé ça.

Passant une main dans ses cheveux, il poursuivit, un accent de nervosité dans la voix :

— Pour quelle raison m'as-tu choisi, moi, pour être ton premier amant ? Tu as confondu la force du désir avec des sentiments plus profonds ?

Lissa sourit.

— Probablement pas. Je ne crois pas vraiment au grand amour qui nous tombe dessus dès le premier regard, toute cette légende… Comment aimer quelqu'un qu'on ne connaît pas ? Non, en fait, après la mort de mon grand-père, j'ai décidé de reprendre ma vie en main, et j'ai quitté la Californie où j'essayais de devenir actrice sans trop y croire. Je t'ai choisi parce que tu m'as plu. Ni plus, ni moins. Et parce que tu m'as promis une nuit fabuleuse.

En lui retournant un sourire malicieux, elle ne s'attendait pas à découvrir une expression aussi admirative sur son visage. Durant un instant, elle crut lire une intense émotion dans son immense regard gris. Puis, elle vit la flamme du désir s'y rallumer.

— Une promesse que j'ai l'intention d'honorer, souffla-t-il, si tu acceptes de m'accorder une seconde chance. Tu veux bien me permettre de te faire l'amour avec toute la considération que tu mérites, Lissa *mou* ?

L'emploi du pronom possessif grec lui fit battre le cœur à toute vitesse. *Sa Lissa*. Non, elle ne l'était pas, et elle ne le serait jamais. Elle pouvait lui permettre, en revanche, de lui ouvrir les portes de l'érotisme qui se dévoilait à elle…

Dès qu'il lui prit le menton pour l'inciter à se tourner vers lui, elle s'abandonna à son baiser. Un baiser ensorcelant et ravageur, accompli dans une sorte de ralenti qui enflamma son désir.

Lascive, elle le laissa la déshabiller et caresser, avec la même langueur diabolique, ses seins dardés. Les yeux fermés, elle s'abandonna entièrement à ses sensations.

Comme s'il se réveillait d'un long sommeil, son corps s'ouvrait et crépitait. Des vagues électrisantes montaient en elle, tandis que les mains et la bouche de Takis se promenaient sur ses seins. Mais rien ne l'avait préparée au tsunami qui l'emporta lorsqu'il enfouit sa tête entre ses cuisses.

Longtemps, elle gémit et cria, secouée par les spasmes du plaisir – et Takis ne s'arrêtait pas. Encore et encore, sa langue et ses lèvres vinrent fouiller sa chair, la boire et lui prodiguer des caresses qui la conduisirent à la jouissance suprême.

Encore sous le choc de son éblouissement, elle eut follement envie qu'il revienne en elle. Ce qu'il venait de lui faire éprouver avec sa langue dépassait tout ce qu'elle avait imaginé, et sa curiosité physique, son envie de connaître d'autres sensations et de faire toutes les expériences possibles était en train de se déchaîner. D'un regard, elle parvint à lui exprimer l'ardeur de sa soif, et il sourit. Il avait compris.

— Je vais aller tout doucement, promit-il. Arrête-moi dès que tu le souhaites, d'accord ?

Lissa hocha la tête, et lorsqu'il entra en elle, elle ne ressentit rien d'autre que l'envie qu'il s'enfonce davantage.

— Viens, supplia-t-elle.

Mais Takis demeura prudent, et elle dut enrouler ses cuisses autour de lui, plaquer son bassin contre le sien pour le convaincre de la pénétrer complètement.

— Oh oui ! gémit-elle quand il commença d'aller et venir en elle.

En cadence, elle ondulait avec lui, l'incitant à accélérer, à provoquer le déchaînement qu'elle sentait approcher. Le plaisir qui l'emplissait relevait d'une force sauvage, à l'état brut, et elle s'abandonna à son mouvement torrentiel. Jamais elle ne s'était sentie plus libre, et elle avait l'impression que leurs cœurs affolés battaient d'un seul mouvement. Que leurs corps en sueur se rejoignaient pour n'en former qu'un. C'était tellement magique, tellement divin qu'elle en fut émue aux larmes.

— Ne t'arrête pas, hoqueta-t-elle comme il la dévisageait avec inquiétude. Je n'ai pas mal… Au contraire.

Et, s'accrochant à son cou, elle l'embrassa avec voracité avant de ceindre plus fort ses cuisses sur ses reins. Avec une passion décuplée, il lui rendit son baiser, et leurs corps s'enlacèrent avec ferveur. Soudés l'un à l'autre, ils se rejoignirent aussi dans l'orgasme et restèrent longtemps l'un contre l'autre, haletants et trempés.

Un accord charnel d'une telle perfection semblait miraculeux, pensa-t-elle. Rarissime. Dans un grommellement, il l'attira contre lui, et elle posa sa tête sur son large torse… là où il n'avait pas de cœur. Pourtant, elle n'entendait rien d'autre.

— Tu avais raison, murmura-t-elle.

— À propos de quoi ?

— Tu as quelques talents dans le domaine du sexe, dit-elle en souriant avec espièglerie.

Il lui sourit avant de s'esclaffer :

— Un compliment est toujours bon à prendre, mais il me semble que tu manques de points de comparaison…

— Alors je vais le tourner autrement, railla-t-elle. Cette fois, je n'ai pas été déçue.

Ils rirent ensemble, et il se redressa légèrement pour la contempler.

— Tant mieux, dit-il. Je ne comprends toujours pas comment j'ai pu perdre tout contrôle… Je crois que ton visage est venu me hanter durant un mois parce qu'il s'était installé dans mon inconscient. Je me souviens d'une époque, il y a quelques années, où il était impossible d'ouvrir un magazine sans te voir, dans une publicité pour une crème bio, je crois. Tu as vraiment décidé d'abandonner le mannequinat ?

— Oui, acquiesça-t-elle, c'est bien fini. J'ai tiré un trait sur cette période comme sur mes ambitions en tant que comédienne. Je suis ravie qu'Eleanor m'ait confié la direction du Francine's.

Elle le sentit se raidir et vit ses yeux s'arrondir.

— Tu as l'air surpris, observa-t-elle.

— Un peu, admit-il.

Non sans fierté, elle afficha un large sourire.

— Eh bien, sache que j'ai passé mon diplôme de gestion hôtelière, et qu'avant de prendre les rênes du palace à Oxford, j'ai reçu les félicitations à l'unanimité pour mon stage dans un grand établissement de Mayfair. Mon grand-père refusait de me faire entrer dans le groupe de la famille, alors que je l'ai prié plusieurs fois de m'accorder une chance. Mais ma sœur me permet de faire mes preuves.

Il la considérait d'un regard indéchiffrable, sans répondre, et elle craignit de l'avoir ennuyé. Comme pour confirmer cette angoisse, il se leva et se dirigea vers la salle de bains.

Restée seule, Lissa hésita avant de quitter le lit à son tour. Il était temps qu'elle regagne sa chambre. Le cœur lourd, elle ramassait sa robe quand Takis réapparut et fronça les sourcils en la voyant debout.

— Qu'est-ce que tu fais ? demanda-t-il.

Une expression consternée se lisait sur ses traits. De toute évidence, il ne tenait guère à ce qu'elle s'en aille maintenant. Le soulagement qu'elle éprouva fut si intense qu'elle ne put réprimer un soupir d'aise.

— Eh bien, euh… Comme je ne savais pas ce que tu avais prévu ensuite, je m'apprêtais à rentrer.

Lentement, il secoua la tête.

— Viens plutôt voir « ce que j'ai prévu ensuite ».

Il l'invita à le suivre dans la salle de bains, un sourire carnassier aux lèvres.

À peine fut-elle entrée qu'il la souleva dans ses bras pour la déposer dans l'immense baignoire à jets pulsés.

L'eau était chaude, et des vapeurs d'huile essentielle de lavande vinrent lui caresser les narines. Muette, Lissa le regarda entrer nu dans le bain et s'installer face à elle. Une nouvelle fois, son sexe s'était dressé et, sous l'eau, elle se mit à le caresser. Elle se sentait prête à toutes les audaces, et en découvrant qu'elle parvenait à lui arracher des grondements de plaisir, elle s'enhardit, exerçant une pression contrôlée sur toute la longueur de sa verge. C'était la première fois qu'elle touchait un sexe d'homme, et elle était émerveillée par la douceur de cette peau si lisse, par son extrême sensibilité. Ses doigts s'enroulèrent autour de lui de façon de plus en plus lascive, et elle sentit son propre désir augmenter à mesure que le sexe de Takis palpitait entre ses paumes.

— Attends, protesta-t-il d'une voix grave en l'attirant sur lui.

La baignoire était immense, l'eau à température idéale, mais Lissa aurait juré que c'était la chaleur de leurs corps qui provoquait tant de vapeur et de buée, lorsqu'elle le chevaucha.

Leur nuit fut presque blanche. L'imagination de Takis semblait aussi vaste que la curiosité de Lissa et elle voulut essayer toutes les positions, toutes les caresses. Chaque fois qu'elle croyait avoir fait l'expérience de l'orgasme ultime, Takis lui en procurait un autre et l'étourdissait de plaisir.

L'intensité de leurs étreintes allait croissant, et elle aurait voulu que la nuit ne prenne pas fin…

Mais lorsque les premiers rayons du soleil filtrèrent par les voilages de la chambre et qu'elle se tourna vers le visage endormi de Takis, elle se contenta de déposer un baiser aérien sur ses lèvres.

Une seule nuit, avait-il insisté. Elle ne tenait pas à l'entendre le lui rappeler d'un ton de reproche à son réveil. Elle préférait partir de sa propre initiative. Aussi se leva-t-elle sur la pointe des pieds, avant de récupérer sa robe et ses sous-vêtements. Puis, elle enfila un peignoir pour quitter prestement le bungalow.

L'éclat impitoyable du soleil sur son visage tira Takis d'un profond sommeil. En s'étirant, il sourit, car les crampes très particulières qu'il sentait dans ses muscles lui rappelaient la perfection de la nuit qu'il venait de passer.

Oui, fabuleuse. Parfaite. Inoubliable.

D'autant plus incroyable que la jeune femme avec qui il avait partagé tous ces plaisirs était encore vierge, quelques heures plus tôt… Passèrent aussitôt dans sa mémoire des images et des sons d'un érotisme torride. Leur corps à corps embrasé dans la baignoire – qu'ils avaient pratiquement vidée de toute son eau à force de se satisfaire l'un l'autre. Les pupilles dilatées de Lissa quand elle jouissait de sa main, ses gémissements chaque fois qu'il lui donnait un orgasme. Sa bouche toute rose après leurs baisers, comme un fruit bien mûr. Ses gestes audacieux, son appétit insatiable…

Il étendit le bras pour l'attirer contre lui et ne sentit que le matelas. Vivement, il se redressa et balaya la pièce du regard. Personne.

Il se leva. La robe en sequins avait disparu, de même que ses sous-vêtements ; pas trace d'elle dans la salle de bains…

Takis étouffa un juron. Bon sang, pourquoi était-elle partie sans même le lui dire ? Était-elle fâchée ? Ignorant le lourd cognement dans sa cage thoracique, il se jeta sur son smartphone pour lui téléphoner. Au bout de la cinquième sonnerie, elle décrocha.

— Takis ? Bonjour, comment vas-tu ?

De toute évidence, elle était très surprise par son appel. Il serra les dents. Au ton de sa voix, on aurait dit qu'elle parlait à une vague connaissance plutôt qu'à l'homme avec qui elle venait de passer la nuit entière.

— Je me suis étonné de ne pas te trouver à côté de moi en me réveillant, dit-il avec franchise.

— Ah ? Je pensais que c'était prévu ainsi. Écoute, je suis dans le taxi pour l'aéroport, je rentre en Angleterre. Tu dormais profondément et je n'ai pas voulu te réveiller.

Après un bref silence, elle conclut :

— Je vais devoir y aller. Merci pour cette nuit fabuleuse.

— Tout le plaisir était pour moi, répliqua-t-il sèchement.

7.

Au cours des semaines qui suivirent, chaque fois que Takis songeait à Lissa, il se répétait que c'était la femme la plus compliquée qu'il ait rencontrée. Par conséquent, il *devait* la chasser de son esprit.

Mieux valait qu'il porte toute son attention à sa dernière acquisition, sur l'île de Santorin. Les négociations avaient été âpres pour cet emplacement de premier choix, et il était venu fêter son succès dans son tout premier hôtel, à Mykonos, autre joyau des Cyclades.

Le Persée One affichait complet, et sa clientèle huppée se trémoussait sur la piste de danse de son prestigieux night-club. Accoudé au bar qui donnait sur le port, Takis sirotait une coupe du meilleur champagne de la maison. C'était le moment de savourer pleinement sa réussite : il était jeune, célibataire, multimillionnaire, et de nombreuses femmes superbes lui coulaient des œillades très explicites. Il n'avait qu'à choisir, mais… aucune ne l'intéressait.

Afin d'oublier Lissa, il lui était souvent arrivé de passer la soirée au bras d'une demoiselle – jamais la même – et les paparazzis s'étaient même jetés sur lui, quelques nuits plus tôt, alors qu'il quittait un restaurant en compagnie d'une brune au décolleté plongeant. Hélas, contrairement à ce qu'espéraient les photographes, il s'était contenté de la raccompagner chez elle, déclinant son invitation du « dernier verre ».

Sans doute devait-il admettre que l'Anglaise au regard bleu lui manquait. Ce qui était exaspérant, puisqu'il n'avait jamais eu une pensée pour une ancienne maîtresse.

Il était furieux qu'elle l'ait pris au mot, en le quittant après cette nuit qui devait être la seule. Depuis, pas un appel, pas un message : rien. Et au lieu de tourner la page, il se surprenait cent fois dans la journée à laisser errer ses pensées du côté du Pangalos, de la piscine où il lui avait appris à faire la planche, du grand lit où il l'avait initiée à l'amour charnel.

Il restait peut-être une solution. Une opportunité de revoir Lissa et de poursuivre leur liaison jusqu'à ce qu'il s'en lasse. Oui, c'était la meilleure carte à jouer : faire d'elle sa maîtresse en sachant qu'au bout de peu de temps, il épuiserait son satané désir pour elle, et retrouverait joyeusement sa vie de célibataire libre de toute attache.

Lissa leva les yeux de son ordinateur. La pluie battait la fenêtre de son bureau. Le ciel était d'un gris maussade, en parfaite harmonie avec son humeur. Irritée, elle regarda encore la photo affichée en plein écran. Une ravissante brune en robe rouge s'accrochait au bras de Takis, dans l'article qu'elle avait trouvé en ligne. Pour quelle raison se torturait-elle à consulter ces saletés ? Elle se fichait de savoir ce qu'il faisait et avec qui… Il était déjà bien assez pénible d'avoir de ses nouvelles chaque fois qu'elle parlait au téléphone avec sa sœur, Eleanor ne manquant jamais de lui rapporter la dernière anecdote concernant Takis et ses conquêtes.

Frustrée de ne pas parvenir à le chasser de son esprit, Lissa ferma la page Internet d'un geste rageur. Depuis son retour à Oxford, elle s'était noyée dans le travail et avait encore alourdi son agenda en suivant un cours du soir en décoration intérieure.

Dès son entrée au lycée, elle avait su qu'elle était

attirée par cette discipline, et elle s'était promis d'intégrer une grande école en arts décoratifs. Sa carrière dans le mannequinat avait redistribué les cartes, et elle avait interrompu sa scolarité. Maintenant qu'elle dirigeait le Francine's, elle rêvait de s'attaquer à la décoration des chambres, et elle avait commencé à dessiner les plans d'un nouvel espace de détente sur la terrasse.

Dès qu'elle sentit son smartphone vibrer sur le bureau, elle espéra trouver un message de Takis. C'était pourtant absurde : quatre mois s'étaient écoulés depuis leur nuit au Pangalos, et il n'avait jamais tenté de la joindre. Elle perdait son temps et son énergie à entretenir ces chimères, et il fallait que ça cesse !

Sur une impulsion, elle eut envie d'accepter l'invitation à dîner d'Andrew, un juriste rencontré au club de sport. Elle cherchait son nom dans l'application de son carnet d'adresses quand elle y renonça. Andrew était un homme agréable et honnête qui ne méritait pas qu'elle se serve de lui alors que le maudit Grec au sourire dévastateur hantait ses nuits.

Organiser la rotation horaire du personnel ne figurait pas parmi ses tâches favorites, mais elle s'y astreignit. Le chef et le sous-chef s'étaient disputés si violemment qu'elle devait désormais veiller à ce qu'ils travaillent sur des tranches différentes. En général, cela ne posait pas de difficulté mais ce soir, l'hôtel organisait un grand dîner pour cent cinquante personnes, et Ben et Alex seraient contraints de partager les fourneaux. Or Lissa n'aimait pas beaucoup tenir son rôle de manager en cas de conflit entre les employés. Elle aurait voulu que tout le monde s'entende, que tout le monde soit satisfait, et elle songea qu'elle devait encore manquer de confiance en elle.

Comme son téléphone sonnait, elle refoula l'espoir

d'entendre Takis et vit le nom de sa sœur s'afficher sur l'écran.

— J'ai deux nouvelles ! s'écria Eleanor au bout d'une minute. Je suis enceinte.

— Oh ! mais c'est merveilleux ! Que dit Jace à la perspective de devenir papa ?

— Nous sommes tous les deux fous de joie. Sur un nuage !

— Je suis tellement heureuse pour vous deux, répondit Lissa. Comment te sens-tu ? Les premiers symptômes ne sont pas trop pénibles ?

Sa sœur ayant fait une fausse couche quelques mois plus tôt, il était certain que sa grossesse devrait être médicalement suivie de près.

— Oh ! ça va. Je ne m'en suis pas rendu compte tout de suite. C'est seulement quand l'odeur du café m'est devenue insupportable que j'ai fait le test.

Lissa jeta un coup d'œil à la tasse de café encore pleine sur un coin de son bureau. Elle s'était sentie incapable de le boire, souffrant depuis quelque temps d'une sensibilité digestive.

— Et la seconde nouvelle ? s'enquit-elle. De qui s'agit-il ?

— Eh bien, je suis obligée de prendre un congé de maternité assez tôt, d'après mon médecin, soupira Eleanor. Et comme je ne souhaite pas revenir au travail juste après la naissance du bébé, j'ai confié la gestion du groupe pour quelques mois, peut-être un an… On verra. Mais ne t'inquiète pas, cela ne changera rien pour toi.

— Ah, répondit-elle évasivement.

Malgré elle, Lissa sentait l'inquiétude la gagner. En tant que gérante de Gilpin Leisure, Eleanor allait donc non seulement nommer un nouveau directeur au Pangalos, mais aussi déléguer sa présidence au sein du groupe : même si c'était provisoire, Lissa devrait rendre des comptes à quelqu'un d'autre que son aînée.

— Je t'assure, insista Eleanor. Takis m'a promis d'assurer la supervision du Francine's dans un esprit de continuité.

À ces mots, le cœur de Lissa s'emballa.

— Takis ? prononça-t-elle, le souffle court. Tu veux dire que c'est lui qui va devenir mon patron ?

— Qui de mieux placé que lui ? Sa chaîne hôtelière, Persée, est un modèle international. Il a très gentiment proposé de prendre ma relève, et j'ai toute confiance en lui. Jace et moi pensons d'ailleurs à lui vendre le Pangalos.

— Quoi ? coassa Lissa, horrifiée.

— Voyons, tu sais bien que la gestion d'un complexe aussi luxueux est trop lourde pour notre petit groupe. Persée saura lui garantir des décennies de succès. Et puis, avec la somme ainsi dégagée, nous pourrons choisir de monter un projet bien à nous. À Mark, à toi et à moi : une entreprise des Buchanan, et non un héritage trop encombrant !

— Mais Eleanor…

— Et à propos d'argent, j'ai décidé de dégeler le fonds que t'a légué Pappoús, coupa-t-elle. Tu es une adulte, tu t'investis complètement dans ton travail et je n'ai aucune raison de te faire attendre jusqu'à ton vingt-cinquième anniversaire.

— Je… Merci, dit-elle, très émue, par cette preuve de confiance.

— Tu pleures ? s'étonna Eleanor.

— Non, mentit-elle en écartant le combiné pour renifler.

— Ah, excuse-moi, Lissa, je vais devoir te laisser, Jace vient de rentrer. Mais je te rappelle vite, et Takis ne manquera pas d'entrer en contact avec toi prochainement.

Muette de stupeur, Lissa raccrocha et sentit bientôt une

chape de plomb lui tomber sur les épaules. Qu'aurait-elle pu envisager de pire que d'avoir Takis comme boss ?

Impossible de travailler sous ses ordres, de soutenir son petit sourire triomphant chaque fois qu'il la contraindrait à suivre ses instructions. L'arrogance déjà très enflée de cet homme allait exploser. Mieux valait qu'elle donne sa démission, et qu'elle se trouve un autre travail. Seulement, le Francine's n'était pas juste son bureau… C'était aussi là où elle vivait.

Ayant frappé un coup à la porte, son assistante entra et haussa les sourcils en découvrant la tasse pleine.

— Oh ! vous avez laissé refroidir votre café. Je vais vous en faire un autre.

— Non, merci, répondit Lissa en ayant aussitôt l'impression d'être assaillie par les arômes de l'arabica.

Elle retint une grimace.

— Vous vous sentez bien ? s'inquiéta Pat. Je vous trouve pâle, ces derniers temps. Vous devriez peut-être aller voir un médecin.

— C'est prévu, j'ai rendez-vous avec mon généraliste cet après-midi, pour les résultats de mon check-up thyroïdien.

— Ah, c'est donc ça…

Pat hocha lentement la tête.

— Si vous voulez mon avis, je trouve que vous, les jeunes femmes, vous ne savez plus manger à votre faim. Alors j'espère que vous trouverez le temps d'avaler quelque chose avant le début de la réception. Le fleuriste est venu s'occuper des arrangements, et les tables sont dressées. La décoration me paraît très réussie. Mais vous, vous allez avoir une longue soirée de travail.

Lissa partageait cet avis. Le Francine's hébergeait de nombreux événements tout au long de l'année, mais la grande soirée donnée par le maire d'Oxford conservait la place d'honneur au calendrier. Le dîner rassemblait tous les notables, il y aurait un bal, et même si la fin était prévue à minuit, Lissa savait qu'elle aiderait à débarrasser jusque beaucoup plus tard dans la nuit.

Comme la pluie avait cessé, elle décida de se rendre à pied à sa consultation.

— Je ne comprends pas où vos résultats se sont égarés, maugréa le Dr Williams. Je viens seulement de les consulter. Votre hyperactivité thyroïdienne est encore un peu haute, je vais augmenter le dosage de votre traitement. Et puis…

Le médecin hésita avant d'ajouter :

— La prise de sang revient positive au test de grossesse. Vous le saviez ?

Blême, Lissa fixa son praticien. Elle avait dû mal comprendre.

— C'est une erreur, affirma-t-elle. Je ne peux pas être enceinte.

Elle secoua la tête et reprit :

— C'est vrai, je n'ai pas eu mes règles depuis un bon moment mais j'ai toujours eu des cycles capricieux.

— Oui, parce que votre thyroïde affecte le cycle menstruel. Mais il n'y a aucun doute possible, vous êtes enceinte.

Il sourit et enchaîna :

— C'est apparemment une surprise pour vous. Voulez-vous que je vous prenne tout de suite rendez-vous avec la sage-femme du cabinet ? Elle pourra faire une échographie.

Non, ce n'était pas possible, se répéta-t-elle, comme son cœur battait sur un rythme effréné. Elle ne pouvait pas attendre un enfant. L'enfant de Takis. En même temps… soudain, tout faisait sens. Sa fatigue. Son étrange réaction à certaines odeurs, à commencer par celle du café. Le soutien-gorge acheté une taille plus grand que d'habitude, la semaine précédente.

Mais comment ? Takis avait toujours mis un préservatif

quand ils… Oh ! bon sang. Non, pas toujours. Pas dans la baignoire. Il avait donc suffi de cette fois-là pour que… ?

Au fond, quelle importance ? La question n'était pas de savoir comment c'était arrivé.

Lissa rentra au Francine's dans un état second, happée par une sorte de brouillard, incapable de discerner à quoi ressemblerait sa vie dans les mois à venir. Ainsi que le lui avait rappelé le Dr Williams, ses problèmes thyroïdiens devraient faire l'objet d'une vigilance accrue durant sa grossesse. En un sens, il était quasiment miraculeux qu'elle ait pu concevoir un bébé malgré sa maladie, mais Takis ne risquait pas de voir les choses sous cet angle. Lorsqu'elle lui annoncerait la nouvelle, il serait fou de rage.

Elle se rappela l'excitation et la joie de sa sœur. Alors qu'elle et son mari étaient « sur un nuage » en attendant l'arrivée de leur enfant, Lissa allait traverser une tout autre épreuve. Ni mariée, ni accompagnée par le futur père, elle devrait en outre envisager de se trouver un autre appartement, un nouveau travail…

Chaque scénario possible semblait pire que le précédent. Si elle restait au Francine's, et si elle ne disait rien à Takis, il finirait bien par s'apercevoir qu'elle était enceinte. Et de toute façon, elle ne se sentait pas capable de lui mentir, de tenir le secret durant des semaines – en vain. Non, il fallait qu'il le sache.

D'un point de vue matériel, s'il refusait tout rôle dans la vie de leur enfant, elle saurait se débrouiller. Elle avait prêté à son frère toutes les économies qu'elle gardait de ses contrats de modèle, afin qu'il rembourse ses dettes de jeu. Mais puisque sa sœur venait de dégeler le fonds légué par Pappoús, elle disposait d'un bon parachute. Si elle ne travaillait plus au Francine's à la naissance de l'enfant… elle ne serait pas à la rue.

En revanche, elle serait seule, et jamais elle n'avait rêvé de devenir une mère célibataire.

Juste avant 19 heures, les invités commencèrent à arriver et à se masser dans le bar pour déguster des cocktails. Lissa alla vérifier une dernière fois les tables de la grande salle à dîner, les épaisses nappes blanches amidonnées, les filets d'or sur les serviettes.

Lorsque la soirée serait derrière elle, elle aurait tout loisir de réfléchir à son futur, de concevoir un plan. Pour l'heure, elle devait se concentrer sur son travail.

Comme elle retournait aux cuisines, une porte s'ouvrit à toute volée et l'une des serveuses surgit devant elle.

— Mademoiselle Buchanan ! Ils se sont battus, et Ben est parti !

Lissa contempla Kate sans comprendre.

— Comment cela, parti ? Parti où ?

— Je ne sais pas. Il a fusé d'ici comme un boulet de canon en jurant de ne plus revenir. Qu'est-ce qu'on fait, avec le dîner ?

Excellente question.

La serveuse ouvrait de grands yeux angoissés, et Lissa refusa de se laisser gagner par la panique. Cent cinquante invités attendaient un grand dîner gastronomique à cinq services, et son chef avait disparu.

Fonçant dans la cuisine, elle y trouva Alex en train de caresser son menton. Sa lèvre inférieure, bleue, avait doublé de volume.

— Ce soir, vous êtes chef, ordonna-t-elle.

— Mais…

Se tournant vers l'assistant favori de Ben, elle enchaîna :

— Et toi, Jo, tu endosses immédiatement le rôle de sous-chef. Tout le monde va se retrousser les manches et moi aussi. C'est entendu ?

Enfilant un tablier, elle allait le nouer à sa taille quand, à l'entrée de la grande pièce, une voix grave tonna, avec un fort accent grec :

— Tu n'as rien à faire dans les cuisines ! Dois-je te rappeler qu'en tant que manager, tu dois impérativement te tenir dans le hall pour accueillir tes hôtes ?

Le cœur de Lissa se mit à battre frénétiquement, tandis qu'un nœud se formait dans sa gorge. Oh non. Déjà ? Pourquoi était-il venu si vite ?

— Je… Je ne t'attendais pas aujourd'hui, répondit-elle maladroitement.

— Non, cela me paraît évident, gronda-t-il. Il y a pourtant plus d'une heure que je suis ici, à patienter dans ton bureau. Tu trouves normal que je te trouve en train de régler une querelle dans les cuisines ?

— Mais…

— Tu comptes attendre encore combien de temps, avant d'appeler l'agence pour l'emploi pour demander un cuisinier expérimenté de toute urgence ?

Lissa fronça les sourcils.

— L'agence est fermée, à cette heure-ci.

Takis parut contrarié.

— Alors comment envisages-tu la suite ?

— Je vais me débrouiller, assura-t-elle du ton le plus serein qu'elle put trouver, en dépit du tumulte d'émotions qui la submergeait.

Affichant une expression imperturbable, elle enchaîna :

— Je vais trouver Ben, et essayer de le convaincre de revenir.

— Inutile. Il s'est mis à la porte tout seul et je n'accorde jamais de seconde chance, décréta-t-il en plongeant son regard gris dans le sien.

Lissa frémit.

— Je m'appelle Takis Samaras, lança-t-il en direction du personnel de cuisine. Désormais, c'est moi qui préside le groupe. Ce soir au Francine's, vous êtes tous à l'essai. Si vous faites de votre mieux, demain, vous retrouvez votre poste. Si vous n'êtes pas à la hauteur de mes attentes, vous en chercherez un ailleurs.

Sans demander leur reste, les membres du personnel reprirent vivement leurs tâches et les cuisines se mirent à grouiller d'une fiévreuse activité.

Le téléphone calé contre l'oreille, Takis sortit, et Lissa se hâta de le rejoindre. Dans son pantalon noir, son pull et sa veste en cuir, il était tellement sexy qu'elle en avait le vertige. Son regard gris semblait plus métallique encore qu'auparavant, sa séduction plus puissante que dans son souvenir.

Une onde électrique la transperça, comme elle sentait cet incroyable charisme l'aspirer. Quatre mois loin de lui ne l'avaient donc pas immunisée contre le charme sauvage de cet homme. Elle en ressentait une certaine vulnérabilité.

Par réflexe, elle posa une main sur son ventre encore plat. La tension la regagna dès qu'il posa les yeux sur elle. Pouvait-il deviner son secret ? Non, bien sûr que non, s'efforça-t-elle de croire pendant qu'il rangeait son smartphone dans sa poche.

— Je viens de parler au directeur de mon hôtel de Londres. Ils ont un chef disponible, mais même dans l'urgence nous ne pouvons pas compter sur lui avant deux heures. Il paraît qu'il y a une inondation je ne sais où…

Non, trop tard, cela n'irait pas. Mais l'inondation lui rappelait quelque chose.

— J'ai une idée, répondit-elle en cherchant une carte de visite dans son portefeuille.

Un instant plus tard, le cuisinier du White Heart, un pub gastronomique fermé temporairement à cause d'une inondation, acceptait de remplacer Ben au pied levé. Sa réputation était excellente, et si le dîner se déroulait comme prévu, peut-être voudrait-il prendre la place de chef ?

— Bravo, salua Takis lorsqu'elle lui eut livré les détails de l'opération. Mais cet affrontement perpétuel entre deux hommes en cuisine aurait dû être traité depuis longtemps. Ta responsabilité consiste à *éviter* ce type d'incidents, et non à y pourvoir à la dernière minute.

Lissa soupira.

— Ben traverse juste une phase difficile, dans sa vie privée, et…

— Sa vie privée n'a rien à faire dans cette cuisine, coupa-t-il. J'étais très sérieux, tout à l'heure, en annonçant aux employés qu'ils sont à l'essai pour la soirée. J'exige un *engagement à 100 %* de la part de chacun ! Toi comprise.

— Quel culot tu as, d'oser parler d'engagement ! opposa-t-elle avec hargne.

Il se contenta de hausser innocemment les sourcils.

— Je te suggère de laisser tes sentiments personnels de côté quand tu es de service, dit-il avec hauteur.

— Ce ne sera pas difficile. Je n'ai pas de sentiments pour toi.

— Mais nous poursuivrons cette discussion plus tard, promit-il, comme elle tournait les talons, retournant vers le grand hall.

— Laisse-moi m'engager *à 100 %* dans mon travail ! railla-t-elle en traversant le couloir sans se retourner.

8.

Au grand soulagement de Lissa, plus aucun incident ne vint troubler la soirée. Pas un bémol ne gâcha la haute cuisine promise par le Francine's. Le dîner obtint un vif succès, ainsi que l'orchestre de jazz de renommée nationale qui accompagna les danseurs. Vers minuit, tout ce beau monde se décida enfin à rentrer, et Lissa serra la main de chacun, recevant au passage les remerciements du maire, visiblement satisfait de sa réception.

Après avoir aidé les serveuses, Lissa regagna la cuisine pour exprimer sa gratitude au cuisinier. Enfin, quand il ne resta plus que Becky, elle lui appela un taxi.

— Je n'ai que dix minutes de marche, mademoiselle Buchanan, protesta la soubrette. Et les chauffeurs font payer un supplément, à cette heure-ci.

— Je règle le taxi. Il n'est pas question de vous laisser seule dans les rues à cette heure-ci. Allez vite vous coucher.

Une fois la jeune fille disparue, elle vérifia que tout était en ordre et sursauta en apercevant Takis.

Adossé au mur de l'entrée, il se trouvait derrière elle, et elle ne l'avait pas vu. Il fronçait les sourcils. En toute hâte, elle retourna au rez-de-chaussée, l'abandonnant sur place et songeant que s'il osait lui reprocher d'offrir un taxi à une employée, elle… Eh bien c'était le cadet de ses soucis, songea-t-elle avec emportement : il n'avait qu'à penser ce qu'il voulait ! Après avoir vérifié la fermeture de toutes les portes vitrées des salons, il ne lui resta plus qu'à souhaiter une bonne nuit au concierge de nuit, installé à la réception.

Épuisée, elle ne put réprimer un pincement au cœur en passant devant son bureau. Visiblement, loin de se contenter d'un rôle de supervision, Takis avait décidé de prendre en charge la direction de l'hôtel et, dans ces conditions, elle ne pourrait pas rester… Stupéfaite, elle s'immobilisa en apercevant Takis installé à sa table de travail.

— Ces croquis sont remarquables, dit-il en la voyant entrer.

Furieuse, elle s'aperçut qu'il s'était permis de fouiller dans ses dossiers. Il consultait ses esquisses pour le réaménagement des chambres au dernier étage.

— Tu n'avais pas le droit de te servir dans mes tiroirs, accusa-t-elle.

— Si, affirma-t-il avec aplomb. Puisque tu sembles employer ton temps de directrice générale à faire du dessin.

— Il s'agit de projets *pour l'hôtel*, objecta-t-elle. Et non pour mon appartement. Et maintenant que le personnel s'est mis en quatre pour ne pas se retrouver au chômage demain matin, puis-je savoir si tu comptes me mettre à la porte ?

Il observa un bref silence.

— Je n'ai pas encore pris de décision définitive, mais la gestion du Francine's me paraît manquer de dynamisme et de modernité. Plusieurs managers de Persée pourraient lui donner une impulsion nouvelle.

Oh non. Elle ne pouvait pas en croire ses oreilles. Il osait lui faire ça ? De toutes ses forces, elle retint les larmes qui lui montaient aux yeux. Elle ne lui donnerait pas la satisfaction de la voir s'effondrer devant lui.

— Je t'ai prouvé que je savais trouver un remplaçant à mon chef en quelques minutes, et que je maîtrisais une situation critique. Tu n'es là que depuis quelques heures, alors que je sais que je fais bien mon travail. Et je connais cet établissement mieux que quiconque.

Sa gorge se serrait. Elle déglutit lentement et plaida encore :

— Tu ne peux pas me renvoyer…

— J'ai d'autres projets pour toi, *koúkla mou.*

Interdite, elle le regarda s'avancer vers elle et la couver d'un regard de braise. Dès qu'il fut devant elle, les traits statuaires de son visage à la peau ambrée exercèrent leur pouvoir hypnotique.

Mais le cœur de Lissa battait à se rompre.

— Non, dit-elle en reculant. Tu ne comprends pas… Je ne veux pas perdre mon poste au Francine's ! Je… Je suis enceinte.

Le sourire enjôleur de son compagnon se dissipa immédiatement. Une expression de roc se peignit sur son visage, et Lissa aurait voulu disparaître sous terre. Pourquoi lui avait-elle tout dit ?

Un long, un interminable silence tomba dans la pièce.

— Félicitations, rétorqua-t-il enfin d'un ton glacial. Le futur père est content ?

Oh ! bon sang, c'était encore pire que ce qu'elle redoutait. Suivant son impulsion, elle murmura :

— Je ne sais pas. C'est toi, le père, Takis.

À la colère blanche qu'il semblait contenir succéda une fureur bien tangible. Ses yeux lançaient des poignards, constata-t-elle avec effroi.

— Mais apparemment, poursuivit-elle, la nouvelle ne te réjouit pas. Sache que je ne te demanderai rien. J'ai l'intention de subvenir moi-même aux besoins de mon enfant. C'est aussi pour cette raison que je te demande de ne pas me priver de mon poste.

Une sorte de ronronnement métallique vrillait les tympans de Takis. Il ne parvenait ni à réfléchir, ni à respirer. Plus rien n'existait que le battement lourd de son sang contre ses tempes, première manifestation de la fureur incendiaire qu'il couvait.

Toute sa vie d'adulte, il s'était montré d'une vigilance exemplaire quant à la contraception. Ce n'était pas possible. Lissa était en train de lui jouer un tour d'une rare perversité – et comment s'en étonner ? Depuis l'odieux chantage de Marina, n'était-il pas mieux placé que quiconque pour savoir que les femmes étaient des génies de la manipulation ? Dire qu'il avait cru, quelques semaines plus tôt, que Lissa était différente. Innocente. Quel naïf !

Le silence tombé entre eux devenait gênant. À l'évidence, elle attendait qu'il réponde quelque chose. Sa gorge en feu refusait de se débloquer. Un poids terrible oppressait sa cage thoracique. Faute de pouvoir parler, il chercha chez elle, dans sa physionomie, un signe tangible de grossesse. Son ventre était plat.

Mais il finit par s'apercevoir qu'elle avait changé, depuis la Grèce. En la retrouvant, il avait été frappé par sa beauté, comme si une lumière nouvelle irradiait son adorable visage. Son œil expert perçut le renflement plus prononcé de sa poitrine, sous son tailleur.

Oh ! bon sang.

Elle était bel et bien enceinte ? Bon, admettons, pensa-t-il, et alors ? Qu'est-ce qui lui prouvait que ce bébé était le sien ?

Non sans peine, il parvint à articuler un mot. Un seul.

— Non.

— Oh ! Takis ! s'énerva-t-elle, ayant visiblement retrouvé contenance.

Fronçant les sourcils, elle lui décocha un regard de défi.

— Il y a des lois, en Angleterre, au cas où tu ne serais pas au courant ! Les femmes ont des droits, et un patron qui licencie une employée enceinte va au-devant de gros ennuis.

Cette histoire de poste au Francine's était le cadet de ses soucis.

— Non, répéta-t-il, je ne suis pas le père de ton bébé.

— Tu sais très bien que j'étais vierge avant de te rencontrer, rappela-t-elle avec morgue. Alors, réfléchis. Tu m'accuses d'avoir foncé dans les bras d'un autre juste après ma première expérience ?

En tout cas, Takis l'espérait de toutes ses forces. L'alternative était… insoutenable.

— Je n'ai couché qu'avec un homme : toi, asséna-t-elle. Que ça te plaise ou non, l'enfant que je porte est le tien.

Faisant un pas vers lui, elle le considéra de ses grands yeux dont le bleu semblait, en cet instant, aussi pur et profond qu'un outremer.

— Je n'ai rien fait pour provoquer ça, il faut que tu me croies. Je l'ai seulement appris aujourd'hui, et j'étais aussi abasourdie que toi.

Posant les mains sur son ventre, elle sourit.

— Une grossesse accidentelle n'est pas forcément un drame… Nous allons avoir un bébé, Takis.

La révolte, la terreur et la colère firent couler une lave noire dans les veines de Takis. À cause de lui, un petit garçon avait perdu la vie. Depuis quinze ans, ses nuits étaient déchirées par l'appel à l'aide de Giannis auquel il n'avait su répondre.

Non. Il ne voulait pas d'un enfant. C'était une responsabilité beaucoup trop lourde !

— Je crois pourtant m'être montré très clair, en te disant que je ne souhaitais en aucun cas devenir père, cingla-t-il.

Maintenant qu'il sortait de l'état de choc initial, il doutait un peu moins d'être en effet le géniteur – même si l'idée le rendait malade. Lissa n'avait pas de raison de mentir. Cela ne changeait rien à l'essentiel : aucun bébé ne méritait de l'avoir comme père, et il ne méritait pas de veiller sur un enfant auquel il risquait de faire du mal.

— Bon, message bien reçu.

Elle posait la main sur la poignée de la porte, prête à sortir, quand il la retint.

— Où vas-tu ?

— Me coucher.

— Tu plaisantes ? éructa-t-il, sidéré par le calme olympien de la jeune femme.

— Takis, je suis debout depuis 6 heures, soupira-t-elle, et ma journée a été très rude, et très remplie. Il est près de 2 heures du matin. Est-ce que je n'ai pas démontré être engagée à 100 % dans mon travail ?

La note sarcastique dans sa voix lui fit grincer les dents.

— Nous avons à parler, opposa-t-il.

— De quoi ? Je t'ai informé de ma grossesse, tu viens de m'annoncer que tu ne serais pas le père. Le sujet est clos.

Étouffant un juron, il claqua violemment la porte et se posta devant pour l'empêcher de sortir.

— Comment ça ? clama-t-il. Qu'est-ce que ça veut dire ? Cesse tes petits jeux, Lissa ! Je suis le père, oui ou non ?

Pâle, elle le regarda droit dans les yeux.

— Ce bébé n'était pas prévu, mais il mérite tout mon amour et il l'a déjà. Je t'ai dit la vérité parce que je te la devais. Pour autant, je n'attends rien de ta part. Je vais partir, trouver un logement et un emploi, et tu n'entendras plus parler de moi. Quand mon enfant sera plus grand, qu'il posera des questions au sujet de son père, je lui dirai qu'il a quitté ce monde. Mieux vaut un père mort qu'un père qui ne veut pas de vous.

Stupéfait par ce discours, il sentit sa mâchoire le lâcher. Est-ce qu'elle pensait vraiment mettre ce plan à exécution ?

Et lui… Même s'il ne l'avait pas voulu, ce bébé existait. Oserait-il l'ignorer, le bannir de sa vie ?

— Si tu me donnes vingt-quatre heures pour faire ma valise et que tu me rédiges une excellente lettre de recommandation, je te garantis qu'après-demain, je serai partie.

Il pouvait la croire, se dit-il en frémissant devant son regard déterminé. Lissa avait déjà été capable de se volatiliser après lui avoir offert sa virginité. Pas un mot, pas un signe d'elle après leur nuit au Pangalos.

Oui, elle le ferait. Et Takis passerait le restant de ses jours à se demander qui était son enfant, s'il allait bien, s'il avait besoin de lui. Une nouvelle version de l'enfer, en somme, pour couronner ses nuits de cauchemar…

— Je suis épuisée, dit-elle dans un filet de voix, cherchant à atteindre la porte.

Il remarqua encore sa pâleur.

— Laisse-moi passer. Nous y verrons peut-être plus clair demain.

À contrecœur, il s'écarta et la regarda sortir sans se retourner.

Takis aurait dû aller se coucher, mais il était trop énervé pour trouver le sommeil. Il fit le tour de l'appartement privé et finit par trouver une bouteille de cognac dans la cuisine, qu'il emporta au salon.

Une bonne cuite était tentante, mais ne résoudrait rien. *Lissa était enceinte de lui.* C'était sa pire angoisse qui se réalisait.

Il n'oublierait jamais la première fois qu'il avait vu son demi-frère. Le tout petit enfant aux immenses yeux noirs, couché dans son berceau, avait conquis son cœur. Tout de suite, il s'était senti déborder d'amour pour Giannis et, en grandissant, le petit garçon lui avait rendu cet amour. Il levait vers son grand frère un regard empli d'adoration.

Vidant son premier verre, incapable de réprimer une

vague de souvenirs, Takis se laissa envahir par le poison de la douleur et des remords.

Plusieurs jours s'étaient écoulés, depuis qu'il avait fui le domicile paternel. Il se trouvait à Thessalonique, lors de sa rencontre avec un ancien du village.

— Tu vas retourner là-bas pour les obsèques ? demanda l'homme.

Devant sa mine perplexe, il reprit :

— Tu n'es pas au courant ? Il y a eu un incendie. Ton père a tenté de fuir la maison en feu, mais un mur s'est écroulé sur son passage.

Une effroyable angoisse saisit Takis.

— Mais… Et ma belle-mère ? Et Giannis ?

Non, pas lui, priait-il intérieurement. Pas lui, oh non, s'il vous plaît, pas lui !

Le monde s'ouvrit sous ses pieds pour l'engloutir quand son interlocuteur fit non de la tête.

— Marina et son petit garçon ont péri dans les flammes. Tu as eu de la chance de ne pas y être. Tu serais mort, toi aussi.

L'insurmontable culpabilité, tel était son châtiment, pensa-t-il en remplissant son deuxième verre. Giannis avait cinq ans.

Révolté par ce souvenir, il se leva et s'arrêta devant le buffet où trônaient plusieurs photos de famille encadrées. La petite fille aux cheveux blonds était Lissa, forcément, et à côté d'elle, ce couple séduisant, souriant, ne pouvait être que ses parents. Un autre cliché les montrait tous les cinq, avec Mark et Eleanor, devant un sapin de Noël. Une famille heureuse – concept étranger à Takis. Il avait grandi auprès d'un père alcoolique et violent, et d'une belle-mère cherchant à le séduire.

Dans ces conditions, comment diable pouvait-il espérer devenir un père décent ? Il le savait bien, cette qualité ne figurait pas dans son ADN, raison pour laquelle il s'était promis de ne jamais fonder de famille.

Pourtant, impossible de revenir sur ce qui était fait. « Que cela lui plaise ou non », ainsi que l'avait souligné Lissa. Il *allait* être père.

Et si la grossesse de la jeune femme représentait sa chance de conjurer les erreurs du passé ? En dépit de sa terreur, il ne tolérait pas l'idée d'abandonner un bébé innocent. Non, il ne se comporterait pas comme sa mère : il ne tournerait pas le dos à la chair de sa chair.

Les fragments d'un cauchemar revinrent à la surface, comme Lissa s'extirpait du sommeil. L'apparition de Takis dans la cuisine de l'hôtel, son refus de la croire quand elle lui annonçait être enceinte de lui. Elle ouvrit les yeux, sentit son cœur battre très fort et comprit que ce n'était pas un rêve.

La lumière du jour filtrait à travers les rideaux de sa chambre, et elle se tourna vers la pendulette de sa table de chevet. Oh non ! Il était 10 heures ! Et le nouveau président de groupe par intérim qui s'attendait à ce qu'elle occupe son poste sur-le-champ…

À la vérité, elle était morte de fatigue, à son retour dans l'appartement, et cette grasse matinée involontaire lui avait fait du bien. Son estomac gargouillait, et il fallait qu'elle mange, pour le bébé.

Ce bébé dont Takis ne voulait pas, et qu'elle saurait donc aimer pour deux. Ignorant la douleur qui lui vrillait le cœur, elle se rappela sa décision soudaine de quitter le Francine's. C'était sans doute la meilleure solution. Un nouveau départ, ailleurs, pour elle et son enfant. Sa situation financière lui permettait de ne pas s'inquiéter pour les mois à venir. Elle pourrait peut-être même terminer son cursus en arts décoratifs durant la grossesse, et chercher un travail de décoratrice intérieure quand le bébé serait en âge d'entrer à la crèche ? Tout cela paraissait tellement abstrait, tellement loin…

Elle se leva, enfila sa robe de chambre et se rendit à la cuisine. En traversant le salon, elle s'arrêta tout net. Devant elle, vautré sur le canapé où, de toute évidence, il avait dormi, Takis se réveillait. Sa chemise était largement ouverte, lui offrant un panorama idéal sur ses pectoraux et la fine toison noire de son ventre musclé. Une ombre grise voilait son menton, et son épaisse chevelure était hirsute.

Dans un mélange de désespoir et de colère, elle sentit ses seins se tendre sous le coton de sa nuisette.

— Qu'est-ce que tu fiches ici ? accusa-t-elle, comme il levait les yeux vers elle. Il y a une chambre et une suite libres, à l'hôtel.

— J'ai préféré rester ici au cas où tu aurais besoin de quelque chose pendant la nuit, répondit-il d'une voix encore ensommeillée.

— J'aurai tout entendu…

— Et au cas où tu aurais décidé de prendre la poudre d'escampette, ajouta-t-il sèchement.

Lissa rougit, mais haussa les épaules.

— Je n'ai nulle part où aller, lui rappela-t-elle.

Soudain, le fringant « nouveau départ » perdait tout son attrait. Elle était seule, sans emploi, sans logement, avec un bébé dont le père ne voulait pas. Le réconfort de sa famille devenait une priorité. Elle irait en Grèce, chez Jace et Eleanor, le temps de reprendre sa vie en main, et…

— Je te trouve très pâle, observa-t-il.

Avant qu'elle n'ait eu le temps de reculer, il lui saisit le poignet.

— Et ton pouls est bien rapide. C'est normal d'avoir le cœur qui bat si vite quand on est enceinte ?

Réprimant son envie de railler ses diagnostics de médecin du dimanche, elle répondit avec franchise :

— Je ne sais pas, mais je souffre d'une hyperthyroïdie. C'est une maladie chronique qui peut causer des problèmes pendant la grossesse, et mon médecin a prévu des contrôles réguliers.

Le visage de Takis se décomposa à ces mots. Elle vit passer mille émotions indéfinissables dans son regard. Enfin, il se leva et déclara :

— Il faut que je prenne une douche. Nous poursuivrons cette discussion devant le petit déjeuner.

— Bon. La salle de bains est à droite au fond du couloir, répondit-elle, heureuse d'être délivrée de son infernal charisme, même très provisoirement.

Un quart d'heure plus tard, elle le vit entrer dans la cuisine. Son pull en cachemire gris moulait ses épaules rondes, tout en soulignant la clarté de son regard. Dans son jean brut, il était encore plus séduisant que la veille. Rasé de près, les cheveux encore humides et brillants… Il exerçait une attirance fatale, et elle maudissait les réactions électriques de son corps.

— Tu préfères du café ? s'enquit-elle. J'ai fait du thé, mais il y a de l'instantané dans le placard.

Le mot le fit grimacer.

— Non, merci, dit-il en se versant une tasse d'Earl Grey.

Après deux toasts à la marmelade et un yaourt, Lissa n'avait plus faim.

— Tu voulais discuter ? lui rappela-t-elle.

— Absolument, répondit-il en soutenant son regard.

Il avala une gorgée de thé et poursuivit :

— À partir de maintenant, toi et le bébé, vous êtes sous ma responsabilité.

Le flegme dans sa voix la fit frémir et, arrimée à ses yeux d'un gris de fourrure, elle se sentit happée par le souvenir de leurs étreintes. Elle se revit, dans ses bras, accrochée à son cou, en sueur, secouée de plaisir…

— Je ne suis sous la responsabilité de personne, dit-elle, mal à l'aise. J'ai déjà suffisamment subi l'autorité de mon grand-père, et je m'en suis affranchie à dix-sept ans. Tu n'as pas à te sentir obligé de quoi que ce soit. J'ai assez d'argent pour tenir le temps qu'il faudra, avant de reprendre le travail.

Sans sourciller, il la dévisagea.

— Ah. Parce que tu comptes combiner ta carrière à ton rôle de mère ? répliqua-t-il. Comment vas-tu faire ça ?

— Comme des millions d'autres mères, dit-elle en le fusillant du regard. Je n'ai pas encore tout prévu dans les moindres détails. Il est encore trop tôt. Au fond de moi, je sais que je vais y arriver.

— C'est possible, admit-il avec condescendance, mais moi, j'ai des devoirs envers l'enfant que nous avons conçu…

— Tu pourras exercer ton droit de visite, assura-t-elle avec empressement.

— Envers lui, reprit-il lentement, et envers sa mère. Contrairement à la tienne, la solution que je propose n'est pas trouée de points d'interrogation comme un morceau de gruyère. J'ai les moyens de créer un environnement où tu auras toute liberté de travailler et de t'occuper du bébé, qui ne manquera de rien.

Même si Lissa n'appréciait guère le ton arrogant sur lequel il lui parlait, elle sentait un espoir naître en elle.

— Par conséquent, nous allons nous marier dès que possible, conclut-il.

À ces mots, elle eut l'impression de recevoir un coup de massue sur le crâne.

— *Nous marier* ? répéta-t-elle, incrédule. Ah non, Takis. Je n'ai aucune intention de t'épouser. C'est exclu.

— Tu ne considères pas comme une priorité que cet enfant naisse en toute légitimité ? s'offusqua-t-il.

— Qu'est-ce que tu racontes ? Tout le monde s'en fiche,

de nos jours. Se marier pour se conformer aux règles d'un autre âge, ce serait la pire des raisons.

Comme il ne répondait pas, elle s'empressa de conclure :

— Je ne t'épouserai pas. C'est une idée absurde.

— Absurde ou pas, tu t'y soumettras, Lissa, asséna-t-il. Le mariage nous donnera les mêmes droits en tant que parents et si tu refuses, je demanderai la garde exclusive de notre enfant.

Furieuse, elle quitta sa chaise d'un bond et menaça :

— Tu ne l'obtiendras jamais ! Aucun tribunal n'arrachera un bébé à sa mère, sauf circonstances exceptionnelles.

— Tu me mets au défi ? rétorqua-t-il. Tu veux m'avoir comme opposant dans une bataille juridique qui durera des années et des années ? Une bataille qui te coûtera jusqu'au dernier sou de tes économies ?

— Tu… Tu n'oseras pas, balbutia-t-elle, blême d'effroi. Hier encore tu affirmais que tu refusais le rôle de père. Non, je ne te crois pas et… Oh. Je ne peux plus respirer.

Takis fit le tour de la table telle une tornade, tandis que le vertige se muait en malaise, et que des petits points blancs criblaient son champ de vision.

Les murs de la cuisine tournoyèrent.

— Lissa !

Ce fut le dernier mot qu'elle entendit, comme les battements affolés de son cœur la poussaient dans le noir.

9.

— Vous êtes certaine que le bébé va bien ? demanda Lissa à l'infirmière qui poussait son fauteuil dans le couloir de l'hôpital.

— Parfaitement bien, acquiesça-t-elle. Pendant votre séjour en soins intensifs, nous avons mis ses signes vitaux sous surveillance constante. Vous le constaterez par vous-même tout à l'heure, à l'échographie.

Comme elles entraient dans une grande pièce, Lissa leva les yeux sur les murs tapissés de roses, et compta trois beaux fauteuils en cuir ultramodernes autour du lit.

— On ne dirait pas une chambre d'hôpital, murmura-t-elle. Où sommes-nous ?

— M. Samaras a fait en sorte que vous soyez logée dans le quartier VIP, expliqua l'infirmière en l'aidant à se coucher.

Désignant les cadres posés sur la commode, la jolie jeune femme aux yeux verts s'enquit :

— Voulez-vous que je les pose à côté de vous ? M. Samaras les a apportés ce matin.

Décontenancée, Lissa la regarda poser le portrait de ses parents et deux photos de famille sur sa table de chevet. Ils venaient tout droit de son salon.

Fouillant sa mémoire, elle revit le visage de Takis auprès d'elle, à l'arrivée à l'hôpital. Ce matin, le médecin lui avait expliqué qu'elle était arrivée par ambulance après avoir perdu connaissance.

— Ce type de crise aiguë fait hélas partir des symptômes possibles, chez les hyperthyroïdiens. Votre pression sanguine était alarmante. Vous êtes restée dans un état critique durant plusieurs heures mais désormais, tout est rentré dans l'ordre.

Avec soulagement, elle avait obtenu confirmation que sa grossesse se déroulait bien, même si elle risquait de mettre le bébé au monde prématurément.

— Combien de temps vais-je devoir rester à l'hôpital ?

— Une semaine. Vous avez passé trois jours en soins intensifs : il faut prendre votre état très au sérieux. Heureusement que vous avez un fiancé aux petits soins.

Un *fiancé* ? Lissa se souvint de la demande en mariage. Sauf erreur de sa part, elle l'avait refusée !

Soudain, elle s'aperçut que l'infirmière avait disparu, et que Takis était assis à son chevet. S'était-elle assoupie ?

— Comment te sens-tu ? demanda-t-il d'une voix inquiète.

Il était si attirant… Elle ne put réprimer un sourire.

— Mieux, avoua-t-elle. Tu n'as pas besoin de veiller sur moi. Tes affaires t'attendent, en Grèce.

— Tu n'as pas oublié ce que je t'ai dit, j'espère, répliqua-t-il. Toi et notre enfant, vous êtes sous ma responsabilité.

Passant une main sur son front, il ajouta d'une voix tremblante :

— Quand je pense que j'ai failli te tuer… *Theos* !

— Je crois que tu exagères, observa-t-elle.

Haussant les épaules, il enchaîna :

— Écoute-moi. Tu fais ce qu'on appelle une grossesse à risque, à cause de cette maladie. Je m'en veux de t'avoir mise dans cette situation. J'aurais dû me montrer plus prudent. Je me souviens que, quand nous prenions un bain… Je n'ai pas pensé à nous protéger.

— Nous étions deux. Moi aussi, j'ai manqué de prudence, dit-elle posément.

Un bref silence tomba, et leurs regards s'arrimèrent l'un à l'autre. À cet instant, on frappa à la porte qui s'ouvrit sur le passage de la jeune infirmière.

— Vous êtes prête pour l'échographie ? s'enquit-elle. Je suis venue vous y conduire.

Souriant à Takis, elle enchaîna :

— Voulez-vous que votre fiancé vous accompagne, mademoiselle Buchanan ?

Lissa tourna la tête vers lui.

— Je ne sais pas. Tu veux voir ton bébé ?

Comme s'il relevait le défi qu'elle lui lançait, Takis la contempla d'un air grave et répondit :

— Oui, j'aimerais beaucoup venir avec toi.

Allongée sur la table d'examen, Lissa commençait à rassembler ses esprits. Tout était arrivé tellement vite qu'elle avait du mal à intégrer l'ensemble de la chaîne des événements… D'abord, elle avait appris qu'elle était enceinte, puis Takis était arrivé à l'hôtel, refusant de la croire, menaçant de la renvoyer de son poste, et la priant enfin de l'épouser pour reconnaître l'enfant. Au-delà de ces quelques heures de montagnes russes, le brouillard des trois jours en soins intensifs restait épais.

La spécialiste qui se chargeait de l'échographie lui sourit en étalant le gel sur son ventre.

— Chaque grossesse est différente, et une femme enceinte ne ressemble jamais à une autre, dit-elle. Mais regardez, votre bébé est là et il va bien.

Lissa tourna la tête vers l'écran.

— Ici, la tête, le cou… le dos.

Retenant son souffle, elle fixa l'image. C'était bien

réel. Une vie nouvelle poussait en elle. Dans quelques mois, elle serait maman. Responsable d'une toute petite personne qu'elle aimerait et qui l'aimerait. Bouleversée, elle sentit l'instinct de protection la submerger. De toute son âme et de toutes ses forces, elle protégerait son bébé.

— Son développement est tout à fait normal, même si la taille du fœtus pourrait être un peu supérieure, reprit la spécialiste. Aucune raison de vous inquiéter. Je peux vous dire le sexe, si vous le souhaitez.

Lissa se tourna vers Takis qui n'avait pas émis un son depuis leur arrivée.

— C'est à toi de décider, souffla-t-il.

Rien, dans sa voix, ne laissait deviner la teneur de ses émotions. Il regardait l'écran fixement, une expression imperturbable sur le visage.

La situation lui semblait-elle abstraite ? Il devait être difficile d'éprouver une connexion sur commande, privé du contact charnel qu'elle avait avec le bébé. Peut-être établirait-il plus facilement un lien s'il parvenait à mieux se représenter l'enfant, pensa-t-elle.

— Oui, nous aimerions savoir, trancha-t-elle.

— Vous attendez un petit garçon, dit la praticienne. Toutes mes félicitations.

Lissa sentit son cœur bondir de joie. Un garçon ! Aurait-il les cheveux noirs de son père ? Ses yeux ? Takis s'était tendu à cette annonce, et elle chercha encore la trace d'une quelconque émotion sur ses traits. Durant une fraction de seconde, elle crut lire une profonde détresse dans ses yeux, mais l'impression passa très vite. Non, décidément, il était aussi impénétrable qu'une statue de marbre.

Il se chargea lui-même de pousser son fauteuil jusque dans sa chambre et ignora ses protestations lorsqu'elle affirma être capable de se coucher seule.

Durant un moment, ils restèrent silencieux, et Lissa rompit la gêne qui s'installait par un sourire.

— Merci d'avoir apporté les photos.

Il haussa modestement les épaules.

— J'ai pensé que tu aimerais trouver autour de toi des visages familiers. Quel âge avais-tu, sur ces clichés ?

— Neuf ans. Celle où je suis seule avec mes parents a été prise juste après un concours de gymnastique. J'avais gagné une médaille, et ils étaient très fiers de moi. Ma mère avait été championne dans cette discipline…

Elle attrapa un autre cadre et soupira :

— Celle-ci est la dernière photo prise en famille. En Irlande, juste avant le départ de mes parents en seconde lune de miel.

Une vieille et inguérissable tristesse lui noua la gorge, comme elle contemplait le sourire ravi de son père, le regard malicieux de sa mère.

— Tu t'entendais bien avec eux, n'est-ce pas ?

Elle hocha vivement la tête et ravala un sanglot.

— Oh ! oui. J'étais la petite dernière, très gâtée, et j'ai conscience d'avoir souvent excité la jalousie de mon frère et de ma sœur. Mais tous les cinq, nous avons été heureux.

Elle entendait encore les cris de joie aux anniversaires, les chamailleries à propos de la décoration du sapin de Noël… Grâce à ses parents, elle avait eu une enfance choyée, elle s'était sentie aimée et valorisée. Elle saurait donner la même chance à son bébé.

— Pourquoi m'as-tu demandé de t'épouser ? s'enquit-elle, relevant la tête vers lui.

— Tu le sais très bien, répondit-il d'un ton renfrogné. Parce que tu es enceinte de mon enfant.

— Oui, mais pourquoi tant insister sur le mariage ? Je t'ai dit que tu auras la liberté de rendre visite à ton fils et…

— Je ne l'abandonnerai pas ! coupa-t-il avec vivacité. C'est mon fils, mon héritier.

Comme s'il s'attendait à ce qu'elle l'interrompe, il s'empressa de préciser :

— Et je dirais la même chose s'il s'agissait de mon héritière. Je suis déterminé à remplir tous mes devoirs envers mon enfant. Je suis riche, en mesure de lui offrir le meilleur environnement où s'épanouir et la meilleure scolarité possible. Tout ce dont j'ai été privé moi-même.

Lissa hocha la tête.

— Je ne suis pas naïve, acquiesça-t-elle. L'argent ouvre des portes. Mais l'essentiel, c'est que notre fils grandisse en sachant qu'il est aimé de façon inconditionnelle.

Comme Takis ne répondait pas, elle poursuivit :

— J'accepte de t'épouser. Seulement, je tiens à ce que tu comprennes pourquoi. Je suis à l'hôpital ; mes parents étaient en pleine santé quand ils sont morts… Personne ne peut prédire l'avenir. S'il devait m'arriver quelque chose, je veux avoir la certitude que mon fils pourrait compter sur son père. Ne pas me tourmenter sans savoir qui l'élèverait à ma place.

— Il ne t'arrivera rien, répliqua Takis.

— J'espère bien que non. Je ne suis pas pessimiste, tu sais. Seulement réaliste.

Si leur grand-mère n'avait pas tant insisté pour se charger des trois enfants Buchanan, ils auraient été confiés à un couple de cousins qu'ils connaissaient peu, mais qui auraient peut-être fait de bien meilleurs parents d'adoption. Du moins pour elle. En tout cas, son enfant ne connaîtrait pas les frustrations et le manque d'attention dont elle avait si cruellement souffert, auprès de Pappoús. Évidemment, son mariage avec Takis n'aurait rien de la célébration d'un amour de conte de fées tel qu'elle en avait rêvé, petite fille – mais elle était une adulte.

Oui. Elle était prête à devenir l'épouse du très énigmatique Takis Samaras.

— Je me charge de l'organisation, annonça Takis. Nous irons nous marier en Grèce.

Bon sang, il parvenait tout juste à admettre qu'il était en train de prononcer ces mots. *Lui* ! Lui qui s'était juré de ne *jamais* devenir ni époux, ni père !

Il allait devenir papa. Le choc le transperçait depuis qu'il avait vu les images si claires, si limpides du fœtus sur l'écran, à l'échographie. Le son du battement de son cœur résonnait encore dans ses oreilles. À cet instant, il s'était fait le serment de veiller sur la mère et le petit comme il aurait dû veiller sur son frère, des années plus tôt.

La gorge serrée, il se sentit une nouvelle fois assailli par le souvenir de Giannis. Il revit les larmes rouler sur les joues du petit garçon le soir où, dans sa chambre, il lui disait au revoir en lui promettant de revenir bientôt le chercher. Une promesse qu'il n'avait pas tenue.

« Je ne veux pas que tu t'en ailles, Takis ! Ne me laisse pas… »

Il ne l'avait plus jamais revu. Mais il avait été contraint de regarder le petit cercueil mis en terre, une semaine après.

Rien n'apaisait cette douleur, au bout de quinze années.

— Je te donne ma parole que je protégerai toujours notre fils, dit-il d'un ton solennel.

L'émotion troubla les grands yeux de Lissa. Son regard avait la couleur d'un ciel d'été sous le soleil de Santorin, et c'était probablement ce qui avait noué le sortilège. Dès leur rencontre, il était tombé sous le charme de son innocence et de sa beauté. Elle l'hypnotisait.

Longtemps, il se noya dans l'océan de ses yeux, et puis…

— Tu devrais te reposer, maintenant, dit-il d'un ton

bourru. Dès que tu te sentiras mieux, nous irons à Athènes. Si tu es d'accord, j'aimerais mieux une cérémonie assez simple et pas trop de chahut autour.

Elle parut réfléchir.

— Oui, ça me convient. Mais je tiens à ce que ma sœur soit ma demoiselle d'honneur, et comme elle a épousé Jace par amour, elle ne comprendrait pas l'aspect pratique de notre décision… Je ne veux surtout pas qu'elle s'inquiète pour moi. Elle est enceinte, elle aussi, tu sais.

— Je ne vois aucune raison de révéler à quiconque ce qui nous motive, agréa-t-il. Quant à la suite…

Il leva vers elle un regard inquiet.

— Cela t'ennuierait beaucoup de venir vivre en Grèce ? Mon appartement d'Athènes ne conviendra pas à un jeune enfant. Quel genre de maisons te plairait ?

Elle le considéra d'un œil torve et s'enquit sèchement :

— Ah ? J'ai mon mot à dire ?

— Écoute, je peux diriger mes affaires depuis l'Angleterre, si tu tiens absolument à rester ici…

Elle poussa un profond soupir.

— Ce n'est pas que j'y tienne à tout prix. Mais mon frère est toujours en Irlande, où il se libère de sa dépendance au jeu. Il va mieux, mais je m'inquiète encore pour lui, et j'étais le dernier membre de la famille à proximité, du moins dans le même pays. D'un autre côté, je me rapprocherai d'Eleanor en venant en Grèce.

Lissa leva vers lui un regard clair.

— Je veux bien m'installer en Grèce, dit-elle. En revanche, je tiens à ce que ce type de décisions soit le fruit d'un consensus entre adultes, et non un diktat de ta part. Le mariage repose sur le compromis.

— Je tâcherai de m'en souvenir, lâcha-t-il, la mâchoire serrée.

Lui, Takis Samaras, faire du *compromis* sa nouvelle

philosophie ? Oh non. Ce mot-là n'avait jamais fait partie de son vocabulaire. Mais il comptait bien passer une alliance au doigt de Lissa et reconnaître son fils avant qu'elle ne s'en aperçoive.

10.

Le mariage fut célébré à la mairie d'Athènes un mois après. Jace et Eleanor firent le trajet depuis Thessalonique, et Lissa déguisa son émotion en serrant sa sœur dans ses bras.

— Je suis si heureuse à l'idée que nos enfants naissent à quelques mois d'écart ! s'exclama son aînée.

Ils se trouvaient tous les quatre dans un petit salon, en attendant d'être appelés dans la salle des mariages. Décochant un regard amusé à Lissa, Eleanor reprit :

— Je dois dire que je suis tombée de ma chaise quand tu m'as annoncé que tu étais enceinte. Je ne me doutais pas que vous étiez ensemble, Takis et toi… Quelle cachottière ! Enfin, a posteriori, je dois reconnaître qu'un courant très spécial passait entre vous deux, au gala de charité. Comment ça s'est passé ? Vous avez eu le coup de foudre ?

— Absolument, intervint Takis, comme Lissa se sentait rougir.

Elle n'était pas à l'aise pour mentir à sa sœur.

— Un coup de foudre réciproque et immédiat, à votre mariage, renchérit-il. Le témoin et la demoiselle d'honneur ont été littéralement aimantés l'un vers l'autre. N'est-ce pas, *agapi mou* ?

Il entrelaça ses doigts dans les siens, et elle serra le bouquet de freesias qu'il lui avait offert, hochant la tête en signe d'approbation. Il fallait impérativement que sa sœur ne se doute de rien.

Ce mariage était conclu afin d'offrir la sécurité à leur fils, mais Lissa commençait à comprendre qu'elle espérait davantage. La perspective de s'engager dans une union de pure convenance avait perdu son sens, à mesure que la date approchait.

Entre Takis et elle, il n'y avait plus de contact physique. Il avait loué une grande maison près d'Athènes, confortable, moderne, luxueuse… La décoration sans âme et trop conventionnelle lui pesait d'autant plus qu'elle passait le plus clair de ses journées seule. Heureusement, elle poursuivait son cursus par correspondance et en ligne, investissant tous ses efforts à décrocher son diplôme. Grâce à plusieurs logiciels professionnels qu'elle commençait à bien maîtriser, elle remplissait un portfolio de projets et d'idées.

Quant à l'absence de Takis, elle lui donnait l'impression qu'il cherchait à l'éviter. Oh ! bien sûr, la situation était nouvelle et déroutante pour lui comme pour elle : elle comprenait qu'il ait besoin d'un peu de temps pour s'y adapter. Néanmoins, à chaque jour qui passait, alors qu'ils se connaissaient déjà si peu, ils devenaient davantage des étrangers l'un à l'autre. Aussi espérait-elle que leur mariage les aiderait à surmonter la gêne, qu'il s'agirait de la première étape pour fonder une famille unie.

Elle baissa les yeux sur sa bague de fiançailles. Takis la lui avait offerte la veille, au dîner. Le saphir en losange serti de diamants était une merveille.

La porte s'ouvrit, et elle sentit son cœur battre un peu plus vite, comme le fonctionnaire leur faisait signe de le suivre.

La cérémonie civile fut si brève qu'elle resta comme pétrifiée lorsqu'elle entendit les mots fatidiques : « Je vous déclare mari et femme. » Pour la première fois depuis de longues semaines, les lèvres de Takis se posèrent sur les siennes.

Il y avait si longtemps qu'elle ne l'avait pas embrassé qu'elle se laissa fondre entre ses bras, grisée par la chaleur de son corps massif. Sa bouche ourlée épousait la sienne dans la perfection d'un baiser qui, peu à peu, s'ouvrait, se faisait plus profond.

Voluptueux. Sensuel.

Lentement, elle glissa ses mains dans sa nuque et savoura le petit grondement de plaisir qu'il laissa échapper. Tremblante de désir, elle s'abandonnait à sa toute première étreinte avec son mari. Son mari !

C'était à peine croyable, et un désir fou embrasait son corps. Plaquée tout contre lui, elle sentit ses seins se durcir et perçut la force de son érection.

Il avait donc toujours envie d'elle !

Réprimant son émotion, elle happa encore plus fiévreusement ses lèvres. Un même élan les emportait, ils étaient en train de chavirer, et…

— Hum-hum.

L'intervention discrète de son beau-frère les interrompit. Rouge de confusion, elle contempla le bout de ses escarpins, tandis que Jace et d'Eleanor échangeaient un sourire amusé.

Takis s'esclaffa, et ils sortirent tous de la mairie dans une atmosphère joyeuse, pour aller déjeuner dans un grand restaurant.

Il était tard dans l'après-midi quand Jace et Eleanor reprirent le chemin de l'aéroport pour rentrer à Thessalonique.

Sur le toit des bureaux de Takis, un hélicoptère attendait les jeunes mariés afin de les conduire à Santorin, où il possédait une villa.

Ce serait le lieu idéal pour une lune de miel, songea

Lissa en survolant la mer illuminée par le coucher du soleil. Depuis cette altitude, elle put admirer la forme en demi-lune de l'île, ses récifs, la ligne de la caldeira et les plages.

— Cet endroit est spectaculaire, commenta-t-elle alors que l'hélicoptère entamait sa descente en direction d'un village. Les dômes bleus, ce sont des églises, n'est-ce pas ?

— Oui, acquiesça Takis. Santorin et les îles qui l'entourent résultent d'une formidable éruption volcanique survenue il y a des milliers d'années. On dit que la profondeur de la lagune excède les quatre cents mètres.

Face à une plage de sable blanc, à l'abri des regards grâce à son grand parc, la villa de Takis surprit Lissa par la charmante simplicité de son décor et de son mobilier. Contrairement à leur villa ultramoderne d'Athènes, ici, les couleurs et les matières organiques étaient partout : le rouge des terres cuites et des tomettes, le vert du superbe granito et des plantes grimpantes, la palette de beiges des murs à la chaux – et le jaune éclatant d'un énorme bouquet de chrysanthèmes dans le salon.

— C'est ravissant ! s'exclama-t-elle, étonnée de découvrir tant de coussins sur le canapé.

Ici, la maison vivait et Lissa sentait son énergie la contaminer. La sensation offrait un merveilleux contraste avec l'ennui et la fadeur indissociables de leur villa.

— Ma gouvernante, Efthalia, se charge de l'intérieur, expliqua-t-il. C'est une excellente cuisinière. Son mari, Stelios, fat office de contremaître et de chauffeur.

Il lui sourit, la considéra avec attention et suggéra :

— Tu devrais aller te reposer. Tu as l'air fatiguée. Nous avons un peu de temps avant de dîner, et je dois passer plusieurs appels.

Aucune femme n'aimait s'entendre dire qu'elle avait

l'air fatiguée, encore moins le jour de son mariage… Ni être abandonnée par son époux pour motif professionnel.

Lissa frémit, avant de se sermonner : elle se montrait trop sensible. Les hormones, sans doute.

Elle gravit l'escalier menant au premier étage et, en pénétrant dans la chambre principale, s'étonna de ne pas y trouver ses bagages. Comme une porte ouvrait sur une autre pièce en enfilade, elle resta interdite sur le seuil.

C'était une chambre d'amis, et… tous ses vêtements étaient pendus dans l'armoire. Bah, la gouvernante avait certainement considéré que la pièce servirait de dressing, songea-t-elle en ôtant ses chaussures et en s'allongeant un instant sur le lit. Oui, elle allait juste fermer les yeux cinq minutes. Ensuite, elle redescendrait et tirerait Takis de son bureau – de gré ou de force.

Il faisait noir au-dehors, quand elle se réveilla. Quelqu'un était venu allumer sa lampe de chevet. Cette sieste l'avait revigorée, et elle était impatiente de dîner en tête à tête avec Takis.

La robe qu'elle avait tout spécialement prévue pour la soirée était longue, en soie rouge, très flatteuse pour ses nouvelles courbes. Après s'être rafraîchie dans la salle de bains, elle se passa un coup de brosse et choisit dans sa trousse un rouge à lèvres parfaitement assorti à sa tenue.

Enfin, pimpante et joyeuse, elle quitta la chambre et descendit l'escalier. Ce fut alors qu'elle entendit *le* bruit.

Le son reconnaissable entre mille, très spécifique, des pales d'un hélicoptère.

Un nœud se forma dans son estomac, et elle ne prit pas le temps de réfléchir. En quatrième vitesse, elle sortit et traversa le jardin. Là-bas, devant elle, derrière les cyprès, elle distinguait la zone de l'héliport, et Takis s'apprêtait à monter dans l'appareil.

— Attends ! cria-t-elle en pressant l'allure.

Maudissant ses talons, elle se baissa, se déchaussa en toute hâte, jetant au loin ses escarpins pour courir plus vite encore.

— Qu'est-ce que tu fais ? s'enquit-elle, le cœur battant, en parvenant à sa hauteur. Où vas-tu ? Takis !

Lorsqu'il se tourna vers elle, son visage était de marbre. Dans l'obscurité, c'était comme si elle se tenait devant un inconnu.

— Je suis monté te dire au revoir mais tu dormais, expliqua-t-il d'une voix absente. Je n'ai pas voulu te réveiller. Il faut que je rentre à Athènes.

— Comment cela, « il faut » ? protesta-t-elle avec indignation. Pourquoi ?

Comme il ne répondait pas, elle sentit la colère et la panique s'engouffrer en elle.

— Explique-moi comment notre mariage peut marcher si tu te sers de ton travail pour m'éviter !

— Je vais plutôt inverser la question, lâcha-t-il froidement. Pourquoi passer du temps ensemble, puisque nous ne nous sommes mariés que dans l'intérêt de notre enfant ?

La cruauté de ces paroles lui glaça le sang.

— Et à la mairie, quand tu m'as embrassée… C'était du cinéma ? le défia-t-elle.

— Cette conversation ne mène nulle part. J'ai un rendez-vous très tôt, demain matin à Athènes, et je m'envole juste après pour Sainte-Lucie où j'envisage d'acquérir un hôtel.

— Tu… Tu pars pour les Caraïbes sans moi ? balbutia-t-elle, incapable d'en croire ses oreilles.

Lentement, elle déglutit et lui rappela :

— Je croyais que nous étions venus à Santorin pour notre lune de miel.

— Tu as tout ce qu'il te faut à la villa, et le personnel sera entièrement à ton service. Tu ne manqueras de rien.

Ce n'était pas une réponse. C'était une échappatoire.

Une fuite en bonne et due forme. Mais elle n'eut pas le temps de lui exprimer son ressentiment et son amertume : il claqua la portière de l'hélicoptère, et Lissa fut contrainte de reculer pour échapper au vacarme et à la rafale de vent de son décollage.

Elle ne pleurerait pas, se promit-elle, alors qu'un brouillard mouillé troublait sa vision. Il ne méritait pas ses larmes. Mais lorsqu'elle vit disparaître les feux de l'appareil dans la nuit noire, elle eut l'impression de voir s'cffacer avec lui tout espoir d'un mariage heureux.

Il n'existait pas de distraction plus efficace que le travail. Takis s'immergeait inlassablement dans ses affaires, et ses quatre journées de négociation à Sainte-Lucie aboutirent à une nouvelle acquisition pour Persée. Il lui arrivait hélas assez souvent de songer à ce qu'aurait été son séjour en ce lieu paradisiaque avec Lissa. Les plages lui donnaient envie de faire l'amour avec elle, face à une mer d'azur – envie qu'il réprimait grâce à au seul remède à sa portée : en s'immergeant quatorze heures par jour dans ses dossiers.

Ainsi, dès son retour à Athènes, il fit en sorte de rentrer dans la villa déserte le plus tard possible, et de retourner vers ses bureaux aux aurores. Impossible de supporter la nouvelle maison sans Lissa. Pourtant, il avait tout fait pour l'éviter, durant les semaines qui précédaient leur mariage. Il n'était jamais là : ce n'était pas comme si cet endroit était devenu leur foyer.

Une semaine s'écoula. Puis une autre. Lissa l'appela plusieurs fois depuis Santorin et, à chaque nouveau coup de fil, sa voix était plus tendue. Puisqu'il la laissait seule durant sa grossesse, avait-il l'intention de poursuivre dans cette voie quand le bébé serait là ? L'accusation était toujours la même :

— Cela m'est égal que tu te désintéresses de moi,

mais notre fils sera peut-être d'un autre avis, le jour où il sera en âge de comprendre comment tu t'es comporté…

Il s'aperçut qu'au cours des dernières quarante-huit heures, elle n'avait pas tenté de le joindre. Pas un message, pas un appel en absence. Rien. Débordé par la culpabilité, Takis ne savait que faire de sa terreur d'être un père, et même un mari. Au fond de lui, il avait toujours pensé que si sa mère l'avait abandonné, c'était pour fuir la violence de Spiros. Bon sang, comment expliquer à Lissa que le seul modèle qu'il connaissait était celui d'un alcoolique adepte des coups de ceintures ?

Il partit pour Naxos, afin de régler un problème urgent à l'hôtel qu'il y possédait. Il soupçonnait le sous-directeur d'avoir effectué plusieurs malversations, et découvrit qu'il avait vu juste. En une journée, il put se débarrasser de l'escroc et le remplacer par une manageuse en qui il avait toute confiance.

Au terme de cette journée pénible, comme il venait de s'installer dans son jet privé pour rentrer à Athènes, son assistante vint lui tendre un journal.

— Je crois que vous devriez jeter un coup d'œil là-dessus, dit Rena d'un ton embarrassé. Page 3.

Non sans avoir levé vers elle un regard stupéfait, il ouvrit le tabloïd et sentit aussitôt son sang s'assécher. Lâchant un juron, il contempla la photographie d'un groupe de jeunes gens faisant la fête à Mykonos, dans un bar de plage. Il connaissait ce genre de fils à papa et d'apprenties starlettes : désœuvrés, riches à millions, obsédés par leur apparence. Au centre de cette joyeuse bande figurait Lissa, visiblement ravie. Le titre était racoleur au possible :

La nouvelle femme du nabab de l'hôtellerie, reine des folles nuits de Mykonos sans son mari !

Les nouveaux amis de Lissa étaient des héritiers superficiels et irresponsables dont l'unique activité consistait à faire le tour des plages les plus huppées du bassin méditerranéen… Une fureur indescriptible se mit à bouillir en lui. Bon sang, qu'est-ce que Lissa fabriquait ? À quoi jouait-elle ?

Décrochant son téléphone, il apprit par le directeur du Persée One que Lissa était arrivée deux jours plus tôt, et qu'elle avait réservé sa suite jusqu'à la fin du week-end.

— Changement de programme, annonça-t-il à son pilote. Avant de ramener Rena à Athènes, vous allez me déposer à Mykonos.

11.

La métamorphose du petit boui-boui qu'avait acheté Takis onze ans plus tôt en palace réputé dans le monde entier demeurait sa plus grande fierté. Le Persée One, son tout premier hôtel, était devenu un joyau, et ce soir, face à un port rempli de yachts, sa clientèle jet-set dînait au restaurant gastronomique, pendant que le casino affichait complet. Le vendredi soir, son night-club privé était pris d'assaut grâce à la présence d'un célèbre DJ.

Takis entra dans la grande salle noire de monde et fouilla du regard la piste de danse. Il n'eut guère de mal à repérer le carré blond de Lissa. Selon le tabloïd, le type avec lequel elle était en train de se trémousser s'appelait Tommy Matheson – un Anglais au front barré d'une longue mèche, visiblement engagé dans une léthargique carrière de rentier.

Resplendissante, Lissa illuminait le night-club de sa beauté, virevoltant dans la somptueuse robe rouge qu'elle portait la dernière fois qu'il l'avait vue. Moulant sa poitrine bien ronde, la coupe empire estompait la courbe de son ventre – encore peu arrondi, au demeurant.

Takis sentit une douleur insupportable lui vriller les entrailles. D'autres hommes que lui enlaçaient Lissa. Et s'ils l'attiraient contre eux ? Et s'ils tentaient de l'embrasser ? C'était *sa* femme ! Elle était *à lui* !

Un instinct possessif et jaloux le submergea, lui infligeant comme une gifle cinglante. C'était inédit. Il éprouvait cette sensation pour la première fois, et il ne savait comment y répondre. Pas question, néanmoins, de rester pétrifié devant cette piste, tel un enfant démuni, alors que sa femme se donnait en spectacle au bras d'un autre !

D'un pas furieux, il traversa la salle, saisit Lissa par le bras et la contraignit à lui faire face. L'idiot qui dansait avec elle battit en retraite illico, devant sa colère noire.

— Qu'est-ce que ça signifie ? tonna-t-il par-dessus la musique.

Haussant les sourcils et feignant la surprise, Lissa lui rétorqua :

— Je danse et je m'amuse. Il y a un problème ?

— Je t'ai avertie, *koúkla mou* ! Pas ce genre de petit jeu avec moi !

Loin de paraître impressionnée, elle répondit du tac au tac :

— Sinon quoi ? Tu vas me déposer dans une jolie villa et m'y laisser seule ? Sans rien à faire, sans compagnie, désespérément seule à me demander, inlassablement, ce que tu mets dans le mot mariage ?

— Tu portes mon enfant ! aboya-t-il. Dois-je te rappeler que c'est la raison fondamentale de notre union ? Tu es ma femme. Je n'apprécie pas du tout que tu te donnes en pâture aux paparazzis !

Visiblement imperméable à ses reproches, elle releva fièrement le menton pour asséner :

— Tu n'as *aucune* légitimité à te plaindre ! Je fais exactement ce que tu attendais de moi, en me trouvant des occupations et des amis. Tu m'as assez clairement fait comprendre que tu ne m'accorderais jamais un instant de ta présence.

À cet instant, il s'aperçut qu'elle était très, *très* en colère.

Le bleu si pur de ses yeux avait viré au noir d'orage, sa voix tremblait de ressentiment et de hargne.

D'un geste brusque, elle le repoussa et retourna danser, ondulant des hanches de façon suggestive, au rythme du disco. Takis la rejoignit et se pencha à son oreille pour insister :

— Mais si. Je veux passer du temps avec toi. Allez viens, on s'en va.

— Tu comptes me jeter sur ton épaule comme un sac de légumes et me sortir d'ici de force ? interrogea-t-elle en le fusillant du regard.

— Ne me mets pas au défi, répondit-il sans ciller.

Lissa dut se rendre compte qu'il en était capable : avec un soupir de frustration, elle se résigna à le suivre jusque dans la suite où l'avait logée son directeur, celle qu'il occupait lui-même à chacun de ses séjours.

— Pour quelle raison veux-tu m'empêcher de m'amuser avec mes amis ? attaqua-t-elle dès qu'ils furent seuls dans le salon.

— Je m'oppose seulement à ce que tu attires exprès les paparazzis !

Takis sortit le tabloïd de la poche de sa veste et le lui brandit sous le nez.

— Voilà. Il ne me manque plus qu'une photo de ma femme en train de danser amoureusement avec un autre sur la piste du Persée One. C'est exactement la publicité que j'espère pour le groupe ! Tu me tournes en ridicule.

— Il y a des semaines que tu m'évites, accusa-t-elle. Mais quand tu trouves une malheureuse photo de moi dans un journal que les gens sérieux ne lisent pas, tu arrives dans la minute. Exactement comme mon grand-père.

La douleur qu'il lut dans son regard redoubla sa culpabilité.

— La situation est complètement différente ! déclara-t-il, luttant mal contre l'accablement qui le gagnait.

Des larmes brillaient dans ses yeux. Son adorable bouche pulpeuse tremblait de rage. Dans la pièce, l'air s'était chargé d'électricité, comme à chaque fois qu'ils se trouvaient ensemble, tous les deux.

— Non, c'est bonnet blanc et blanc bonnet, maintint-elle. Le seul moyen que j'ai d'attirer ton attention, c'est de mal me comporter en public.

— Là, maintenant, nous ne sommes pas en public et tu as toute mon attention, dit-il doucement, en s'approchant tout près d'elle.

Si près, qu'il sentit le désir monter en flèche, comme il contemplait son visage ému. Incapable de résister au besoin de la consoler, il l'attira dans ses bras, caressant ses cheveux, savourant les effluves de son parfum aux notes de jasmin et de vanille. Puis, il se pencha sur ses lèvres et l'embrassa.

Quelque chose de merveilleux le libérait, au-dedans. Une digue cédait. Savourer le contact de son corps, se perdre dans l'ivresse d'un baiser avec elle : tout cela lui avait atrocement manqué… Et il éprouvait une sensation de plénitude, à approfondir ce baiser, à se perdre dans la caresse puissamment érotique de leur…

— Qu'est-ce que c'est ? s'écria-t-il en faisant un bond en arrière.

Il venait de recevoir un petit coup dans le ventre.

Lissa sourit, caressa son estomac et répondit :

— C'est ton fils qui te dit bonjour.

Abasourdi, il resta un instant cloué au sol. Même lors de l'échographie, il n'avait pas eu cette sensation de réalité. *D'imminence*. Alors qu'à l'instant, ce ventre qui s'animait ! Ce qu'il venait de sentir était un pied ou un poing du bébé. Ses petits cheveux se dressaient dans sa nuque.

— Notre fils va naître dans quelques mois, rappela Lissa d'un ton ferme, visiblement ulcérée par sa réaction.

Ou plutôt son absence de réaction.

— Tu as *promis* de le protéger et de l'aimer ! Or je ne vois aucun signe annonciateur que tu tiendras cette promesse, reprit-elle avec ferveur.

— J'ai promis de le protéger et de *pourvoir à ses besoins*, corrigea-t-il. Il ne manquera de rien.

— Il attendra de *l'amour* de la part de ses parents ! Un enfant a *besoin* de se sentir aimé. Et s'il ne l'est pas, les dégâts peuvent devenir catastrophiques. Je suis bien placée pour le savoir, moi qui ai couru toute mon adolescence après l'affection d'un grand-père froid comme un glacier. Il est hors de question que mon enfant subisse ce sort, tu m'entends ? Je ne te permettrai pas de faire sentir à notre fils qu'il n'était pas désiré, ni que tu le considères comme un fardeau. Cela n'arrivera pas !

En ouvrant les yeux le lendemain matin, Lissa reconnut la chambre secondaire qu'elle occupait dans la suite de Takis et, dans la chaleur de son lit, caressa son ventre en s'esclaffant. Le bébé battait un véritable tam-tam, et elle aurait voulu partager cette délicieuse sensation avec Takis.

Mais elle n'était pas près d'oublier l'expression sur son visage, la veille, lorsqu'il avait senti bouger leur enfant. Le désarroi et la frayeur dans son regard. Le choc, comme s'il faisait face à une situation monstrueuse, comme s'il était poussé contre son gré dans une dimension parallèle.

Repoussant loin d'elle cet instant horrible, elle se leva pour aller prendre son petit déjeuner. Le confort du bébé restait sa seule priorité. Enfilant un déshabillé assorti à sa nuisette, elle passa sur la terrasse et lâcha une exclamation en y trouvant Takis attablé.

Thé, café, jus d'orange, viennoiseries, céréales et fruits trônaient sur la nappe immaculée. Dans sa chemise blanche entrouverte, le regard caché derrière des lunettes de style aviateur, le menton voilé d'une barbe de vingt-quatre heures, il était irrésistible.

— Viens manger, suggéra-t-il en se levant pour lui tirer une chaise, en gentleman.

— Merci, répondit-elle en s'installant face à la marina. Quelle vue !

Sous le soleil, la mer Égée étincelait, renvoyant sa lumière sur les façades blanches des bâtiments à l'architecture cubique, typique de Mykonos.

— J'aime encore plus celle qui donne de l'autre côté, sur la plage, renchérit-il. Aucun hôtel sur cette île ne dispose d'un tel panorama. C'est ce qui m'a décidé à l'acheter, autrefois.

Toujours attentionné, il versa le thé dans sa tasse et lui remplit un bol de fruits secs et de fromage blanc.

— Comment un garçon venu d'un village pauvre est-il devenu l'un des entrepreneurs les plus riches de Grèce à trente et un ans ? s'enquit-elle.

— Ça ne s'est pas fait en un jour, admit-il en avalant une gorgée de café. J'avais seize ans quand je suis arrivé à Thessalonique. Sans le sou, je dormais dehors, et j'ai réussi à me faire embaucher sur un site de construction. Je te l'ai déjà raconté, je crois : c'est ainsi que j'ai rencontré Jace.

— Et qu'il est devenu comme ton frère, acquiesça-t-elle.

— Oui.

Il garda le silence un moment avant de reprendre d'un ton grave :

— J'avais un frère... Enfin, un demi-frère. Il est mort très jeune.

— Oh. Je suis désolée de l'apprendre, dit-elle.

Takis consentait si rarement à évoquer son passé qu'elle retint son souffle, en espérant qu'il n'en resterait pas là. Mais elle le vit froncer les sourcils et comprit qu'il regrettait déjà ce bref épanchement.

— Avec ma part de la loterie, j'ai acheté cet hôtel et, pendant un an, je me suis employé à le restaurer moi-même, avec mon équipe, tout en suivant des cours du soir.

— Tu présentes les choses comme si c'était facile, mais je me doute bien que tu as dû travailler dur, observa-t-elle.

Il sourit.

— J'étais très fier le jour où j'ai obtenu ma licence de commerce. Les premières années ont été décisives. Avec Jace, nous avons choisi des voies complémentaires, lui dans l'immobilier, moi dans le tourisme et l'hôtellerie. Je ne pense pas que nous aurions pu réussir, l'un sans l'autre.

Baissant les yeux sur sa montre, il enchaîna :

— Mon hélicoptère est arrivé, et va nous conduire à Santorin dans une heure.

Ils commençaient tout juste à retrouver une relation apaisée… Lissa n'avait pas envie de se disputer avec lui. Comme s'il venait de lire dans ses pensées, il déclara :

— Je demande une trêve pour aujourd'hui, *koúkla mou.*

Elle sourit. Un frêle espoir renaissait en elle.

Certaine que l'hélicoptère allait les déposer à la villa, Lissa fut étonnée lorsqu'ils atterrirent devant le site d'un immense bâtiment en voie d'édification, sur une plage de Santorin.

— J'ai pensé que tu aimerais peut-être visiter mon chantier, dit Takis. J'ai fait cette acquisition il y a quelques mois.

Le grand hall de l'hôtel n'en était encore qu'au stade initial de sa construction, mais Lissa perçut aussitôt son potentiel. La lumière était fabuleuse, la vie sur la caldeira à couper le souffle.

— Je suppose que tu veux qu'on puisse admirer le coucher du soleil de ce côté ?

Takis acquiesça.

— À l'origine, les logements qui se trouvaient ici étaient des excavations. Le sous-sol fera un lieu fabuleux pour des caves à vin. J'ai prévu cinquante chambres et suites.

Durant un long moment, ils se promenèrent sur le site, visitant tout le rez-de-chaussée, puis les étages. Il n'était pas difficile d'imaginer les baies vitrées avec vue plongeante sur la mer, et Lissa se représentait très bien l'espace des chambres, l'emplacement parfait pour la piscine, la terrasse du restaurant.

— Ce serait un endroit idyllique pour des voyages de noces, observa-t-elle. Il se dégage du site une atmosphère incroyablement romantique, et les espaces extérieurs pourront être végétalisés. Tu pourrais proposer des prestations spéciales pour les anniversaires de mariage ?

Elle leva les yeux vers ce qu'elle voyait déjà comme le dôme d'un jardin d'hiver et poursuivit :

— Le Persée One est fait pour la fête, le divertissement. Ici, c'est différent. Tu devrais baptiser cet hôtel Aphrodite, en l'honneur de la déesse de l'Amour. À ta place, je miserais tout sur l'élégance du décor et la romance…

Rougissant, elle comprit qu'elle s'était laissé emporter par son enthousiasme, et conclut :

— Désolée, c'est ton domaine d'expertise. Tu as probablement déjà une vision bien précise de ce que tu vas faire de ton hôtel.

— Maintenant, oui. Grâce à toi.

Ôtant ses lunettes de soleil, Takis plongea son regard dans le sien. Un regard si confiant, si empli de gratitude qu'elle sentit un frisson la parcourir.

— Et je n'en doutais pas. Ce qui m'amène à te dévoiler pourquoi je t'ai conduite ici, enchaîna-t-il. Zoé !

Stupéfaite, Lissa se retourna.

Une jeune femme souriante se dirigeait vers eux.

— Voici Zoé, dit-il. Zoé, je vous présente mon épouse, Lissa.

Dès la poignée de main, Lissa éprouva de la sympathie pour la jolie brune au regard intelligent.

— Zoé est architecte, expliqua-t-il. Mon projet est de te confier toute la décoration de l'hôtel. Vous pourrez travailler ensemble, si cela te convient ?

Ébahie, Lissa le fixa attentivement. Il paraissait très sérieux.

— Et si tu acceptes le contrat que je vais te soumettre, ajouta-t-il en riant.

— J'adore vos croquis, intervint Zoé. J'ai hâte de collaborer avec vous.

La jeune architecte repartit, les laissant seuls. Takis souriait, visiblement ravi. Bouche bée, Lissa commençait tout juste à intégrer la nouvelle.

— C'est vrai ? demanda-t-elle enfin. Tu veux engager quelqu'un d'aussi inexpérimenté que moi sur un projet pareil ?

— Il me semble, au contraire, que tu as une solide expérience dans l'hôtellerie. Et comme j'étais bluffé par tes esquisses, au Francine's, je me suis renseigné auprès d'Eleanor. Elle m'a appris que tu suivais une formation en arts décoratifs dans l'une des meilleures écoles d'Oxford. Que tu obtenais des notes remarquables, et que tu serais bientôt diplômée avec les félicitations du jury… Je ne comprends pas pourquoi tu me l'as caché.

La gorge serrée, Lissa était trop émue pour répondre.

— Ton idée d'hôtel romantique me plaît beaucoup, reprit-il. C'est exactement ce qu'il manquait à Persée, et Aphrodite est un excellent nom. Ta vision artistique est prodigieuse. Si tu acceptes de te faire aider par Zoé, je crois que le succès est garanti.

— J'en serais enchantée, avoua-t-elle. C'est une chance tellement inattendue !

Depuis son séjour à l'hôpital, elle avait été contrainte de mettre sa carrière en stand-by, et elle ne savait ni où ni comment elle retrouverait du travail, après la naissance de son fils… Ce projet était follement excitant ! Jamais elle n'aurait osé rêver d'une telle carte blanche, pour une structure si ambitieuse.

Et puis… Takis lui accordait sa confiance ! Une confiance incroyable ! Ce qu'elle n'avait jamais obtenu, dans son adolescence. Elle en était bouleversée. Le cœur débordant de joie et de gratitude, elle murmura :

— Tu verras, je ne te décevrai pas.

Lissa descendit joyeusement l'escalier. Elle avait faim. Son bébé se montrait de plus en plus vorace ! Efthalia lui avait dit qu'elle préparait une moussaka pour dîner, parce que c'était le plat favori de Takis. L'alcool lui était interdit, mais elle allait trinquer avec lui à l'eau gazeuse pour fêter leur contrat.

Poussant la porte de la salle à manger, elle sentit son cœur s'arrêter. La table était dressée et… il n'y avait qu'un couvert.

Non. Oh non.

Par réflexe, elle courut à la fenêtre et aperçut, au fond de la cour, le pilote de l'hélicoptère.

Non, non, non !

Ce n'était pas possible ! Takis allait oser l'abandonner encore une fois ? Après la journée qu'ils venaient de vivre ? Il ne pouvait pas leur faire ça. Il n'avait pas le droit d'infliger ce traitement à leur fils !

Sans hésiter, elle se précipita dans son bureau et se planta devant lui.

Ses piles de dossier étaient déjà rangées, et il avait enfilé sa veste. D'un air profondément contrarié, il leva le nez de son ordinateur. Loin de se démonter, Lissa posa les mains sur ses hanches et le fixa droit dans les yeux.

— Tu m'as priée de me montrer honnête avec toi, de ne pas me complaire dans des « petits jeux », comme tu dis, lança-t-elle. Alors j'espère que tu as un alibi imparable pour expliquer ton intention de nous abandonner encore une fois, moi et notre enfant.

12.

Takis referma son écran d'un « clap » retentissant, mais Lissa observa qu'il évitait tout contact visuel avec elle.

— Je rentre à Athènes parce que c'est le siège des bureaux de Persée, répondit-il sèchement.

— Tu peux très bien t'acquitter de l'essentiel de tes tâches à distance, affirma-t-elle avec vigueur.

— Le rôle d'un président de groupe exige de la présence.

— Ce sont des excuses !

Elle reprit son souffle pour enchaîner :

— Tu m'as fait croire que tu allais passer du temps avec moi à Santorin. Nous devions commencer à travailler ensemble sur le projet Aphrodite.

— Tu n'as pas besoin de moi pour amorcer tes études. Je sais que tu réaliseras un projet remarquable, et Zoé répondra mieux que moi à toutes les questions techniques. Tu te plaignais de n'avoir rien à faire, non ? Eh bien, je t'ai donné l'activité dont tu rêvais !

— Quoi ? C'est *pour ça* que tu m'as confié le contrat ? demanda-t-elle, horrifiée.

Il n'avait pas confiance en elle, en ses qualités de décoratrice. Il se fichait comme d'une guigne du contenu de ses propositions… En vérité, il avait seulement cherché à se libérer de sa mauvaise conscience. Il jetait un os au chien qui lui mordait le pantalon !

Toute la joie et la fierté qui l'avaient portée durant la journée s'évanouirent, ne laissant place qu'à l'humiliation.

— Je ne suis pas une petite fille que tu dois divertir ! accusa-t-elle.

— Alors cesse de te comporter comme telle. Tu as obtenu ce contrat parce que tu as une vision pertinente, parce que tes idées me plaisent et qu'elles s'inscrivent en toute harmonie dans l'évolution de Persée.

Il était encore en train de louvoyer. De contourner le sujet essentiel. Ignorant les larmes qui lui brûlaient les yeux, elle interrogea :

— Pourquoi t'entêtes-tu à partir, à rester loin de moi ? De quoi as-tu si peur, Takis ?

— Qu'est-ce que tu racontes ? s'emporta-t-il. Je n'ai peur de rien.

— Tu mens, asséna-t-elle en faisant le tour du bureau pour se tenir devant lui et arrimer son regard au sien.

Hissée sur la pointe des pieds, elle se tenait à quelques centimètres de son visage sculptural. Ses pupilles s'agrandirent. Comme elle percevait une forte tension chez lui, elle s'enhardit et ajouta :

— Je crois que tu as peur de moi.

— Vraiment ? répondit-il en la couvant d'un regard de braise.

Un désir impérieux montait en elle, lui interdisant de réfléchir. Elle passa ses bras autour de son cou et insista :

— Oui, vraiment. Tu as peur de *ça*.

D'un mouvement aussi léger que celui des ailes d'un papillon, elle effleura ses lèvres des siennes. Comme à leur premier baiser.

Takis s'empara si voracement de sa bouche qu'elle étouffa un gémissement, et le laissa engager une étreinte si érotique qu'elle en frissonnait. Ses mains fiévreuses erraient sur ses hanches, sur ses seins. Elle brûlait de faire l'amour avec lui, mais elle avait besoin de réponses – et elle trouva la force de s'arracher à ses bras.

— Oh ! bon sang… Qu'est-ce que tu veux de moi, à la fin ? explosa-t-il, visiblement décontenancé.

— Je veux savoir quel genre de pères tu vas être. Je veux savoir à quoi rime ce mariage, si tu n'es jamais là. Je veux comprendre ce que tu fais ! Pour notre nuit de noces, tu m'as laissée seule ici. Pourquoi ? Une autre femme t'attendait, à Athènes ? Qu'est-ce que tu fabriques exactement, là-bas ?

— Tu… Tu t'imagines que j'ai une maîtresse à Athènes ? demanda-t-il en ouvrant de grands yeux.

— Qu'est-ce que je suis censée croire ? s'écria-t-elle, désespérée. Mon mari ne passe même pas notre lune de miel avec moi… Et ce n'est pas dans notre chambre que tu satisfais tes désirs !

Takis n'en croyait pas ses oreilles. Il sentait qu'il était responsable d'avoir semé de tels doutes dans l'esprit de Lissa. Voir la jeune femme souffrir lui était insupportable, et pourtant…

— Je n'ai jamais eu d'autre maîtresse que toi depuis notre rencontre, au mariage de ta sœur, dit-il avec solennité.

Sans la quitter des yeux, il jura :

— Tu es la seule femme dans ma vie. J'en fais le serment. Il n'y a personne d'autre que toi, Lissa.

Pour le reste, il n'avait pas de réponse satisfaisante à lui offrir. Il ne supportait plus ce feu de questions. Aussi, cédant à la force du désir qu'il jugulait depuis des semaines, il couvrit sa bouche d'un baiser passionné. De la lave coulait dans ses artères. Son érection lui faisait mal. Follement, éperdument, il se reput de ses lèvres généreuses et sucrées.

Puis, comme il n'y tenait plus, lâchant un marmonnement rauque, il l'entraîna vers le canapé du bureau où il la renversa. Glissant ses mains sous sa robe, il découvrit l'opulence de sa poitrine voluptueuse et savoura longuement les gémissements de sa femme, comme il lui donnait du plaisir en caressant ses tétons roses, puis en les léchant, en les agaçant entre ses lèvres.

Elle lui avait si cruellement manqué… Il était fou, de ne pas profiter à chaque instant de sa présence. De ne pas lui faire l'amour nuit et jour – et d'en souffrir, et de lui infliger cette souffrance.

Tôt ou tard, il faudrait qu'il s'explique. Qu'il mette lui-même ses idées au clair et qu'il ait une franche explication avec Lissa, mais…

Pour le moment, il voulait la faire jouir en buvant le nectar de son sexe.

Ils passèrent une bonne heure sur le canapé du bureau, avant de gagner le premier étage. La grande cabine de douche à l'italienne leur permit de tenter de nouvelles positions et tard dans la nuit, lorsqu'ils retombèrent une nouvelle fois épuisés dans les bras l'un de l'autre, trempés de sueur, Takis enlaça fermement sa femme.

Il s'endormit en la gardant serrée tout contre lui.

— Qui est Giannis ?

Takis ouvrit les yeux. Son oreiller était trempé. Dans le halo de la lampe de chevet, le visage inquiet de Lissa était penché au-dessus de lui.

— Tu rêvais, expliqua-t-elle en lui tendant un verre d'eau. Tu remuais dans tous les sens, et tu appelais « Giannis, Giannis ! »

Takis avala une gorgée, reposa le verre et savoura le contact de la main de la jeune femme sur son front. Il devait admettre qu'il ne pouvait plus se passer de sa peau si douce, si réconfortante…

— Excuse-moi de t'avoir réveillée, répondit-il. J'ai parfois le sommeil perturbé, et je fais des cauchemars.

Il sourit en lui caressant le bout du nez, mais Lissa ne se laissa pas si facilement duper.

— Des cauchemars à propos de quoi ?

Il lâcha un profond soupir. La ténacité de sa femme était stupéfiante.

— Giannis était mon frère. Enfin, officiellement mon demi-frère mais cette nuance n'a jamais existé pour moi. Nous avions le même père.

Lissa hocha la tête.

— Je me souviens. Tu m'as dit qu'il était mort quand il était petit… Il est tombé malade ?

— Non.

Takis roula jusqu'au bord du lit pour se lever et jeter un coup d'œil par la fenêtre. Le volet était entrouvert. Même à l'aube, la mer était bleue. Des zébrures pâles traversaient le ciel. Une journée radieuse s'annonçait. Une journée que Giannis ne verrait pas.

La gorge serrée, il sentit un flux acide remonter de son estomac. L'image de son village natal lui revenait en mémoire. Les chèvres du petit élevage de son père et les herbages trop maigres. La petite maison sans confort, sans chauffage central, aux murs écaillés.

— Il y a eu un incendie. Giannis est mort dans la maison en flammes, comme mon père et ma belle-mère.

— Oh mon Dieu ! s'exclama-t-elle. Que s'est-il passé ?

Il haussa les épaules.

— On ne l'a jamais su, mais j'ai souvent vu mon père s'endormir une cigarette à la main. Complètement ivre, comme à son habitude.

Il se tourna vers elle pour enchaîner :

— On a trouvé son corps enseveli sous le mur de la façade, ce qui laisse à penser qu'il tentait de s'enfuir. Ma belle-mère et mon frère étaient dans leurs lits. L'incendie a été féroce et a tout consumé en un rien de temps. Ils n'avaient pas une chance de s'en sortir.

— Et toi, tu as été le seul survivant… Oh ! Takis.

Il ne voulait pas de son empathie. Il ne la méritait pas. Au contraire, il fallait qu'elle sache la vérité : qu'il était le dernier des lâches et qu'à cause de lui, un enfant innocent avait perdu la vie.

— Je ne me trouvais pas dans la maison, cette nuit-là. J'avais fui. J'ai abandonné mon frère en quittant le village quelques jours avant l'incendie.

Lissa fronça les sourcils.

— Tu ne l'as pas abandonné. Il était sous la responsabilité de ses parents, objecta-t-elle.

Takis s'esclaffa :

— Ses parents ! Mon père était une brute épaisse, il aimait beaucoup se servir de sa ceinture contre moi, quand il ne vidait pas les réserves du bar du village. Marina était beaucoup plus jeune que lui. Elle avait dix-huit ans quand elle a donné naissance à Giannis. C'était un bébé adorable et en grandissant, il s'est mis à m'imiter en tout. C'était moi qu'il appelait, s'il s'égratignait le genou ou s'il voulait apprendre à monter sur son tricycle. Il m'adorait, et je le lui rendais bien. J'ai trahi la confiance qu'il avait placée en moi. Il avait cinq ans, le jour où je suis parti, et je ne l'ai jamais revu.

Lissa sortit du lit et le rejoignit. Dans son ventre, un bébé innocent ignorait encore tout de la couardise de son père.

— Pourquoi es-tu parti ? demanda-t-elle en se blottissant dans la chaleur de ses bras.

C'était le moment de vérité. Comment le regarderait-elle, après cette épouvantable confession ? Cet aveu scandaleux ? Tant pis. Le sort en était jeté.

— Ma belle-mère a voulu me séduire, révéla-t-il à mi-voix. J'avais seize ans. Je croyais être amoureux d'elle.

Me laissant croire qu'elle l'était aussi, elle m'a embrassé. Marina savait que j'avais l'intention de fuir le village et mon père. Elle m'a menacé de tout lui répéter si je ne les emmenais pas, Giannis et elle. Elle comptait même prétendre que je l'avais forcée à me céder.

Il contempla le panorama somptueux de la villa : la mer, les bateaux, les récifs. Avant de rencontrer Lissa, il était un homme riche et envié, mais vide.

— Je me suis senti vraiment stupide en comprenant que Marina s'était jouée de moi, reconnut-il. Ma fierté d'adolescent matamore se brisait en mille morceaux. Je ne pouvais plus supporter son regard moqueur, le plaisir qu'elle prenait à me manipuler, alors… Cette nuit-là, je me suis enfui.

Il sentait le bras de Lissa sur ses épaules, ses gestes consolateurs, mais impossible de soutenir son regard.

— J'ai cru que Giannis était en sécurité, reprit-il d'une voix déchirée par la douleur. Mon père n'avait jamais levé la main sur lui. Il me paraissait plus judicieux de trouver un logement et un travail avant de revenir le chercher. D'être en mesure de l'élever… C'est ce que je lui ai promis avant de quitter la maison. Je lui ai dit que je reviendrais. Il pleurait, il me suppliait de ne pas le laisser. Et quelques jours plus tard, il est mort.

— Voyons, Takis, dit-elle avec douceur, personne ne pouvait prévoir cette tragédie.

À ces mots, il rugit comme un animal blessé.

— Tu ne comprends donc pas ? C'est à cause des menaces de ma belle-mère, que je suis parti sans lui ! Parce que j'étais trop fier, que je ne supportais pas qu'elle se moque de moi. Je suis parti pour me prouver que j'étais guéri de mon béguin pour Marina.

Lissa prit fermement sa main dans la sienne.

— Exactement. Que pouvais-tu faire d'autre, sinon

partir ? Tu avais seize ans, et les adultes responsables de toi se comportaient l'un comme l'autre avec une perversité infecte. L'un en te battant, l'autre en te faisant du chantage. Comment aurais-tu fait, dans les rues de Thessalonique, avec un garçon de cinq ans ? Tu m'as dit toi-même que tu avais dormi dehors, avant de trouver un travail d'ouvrier sur un chantier. Tu ne pouvais pas loger ton petit frère. Tu ne pouvais pas le nourrir.

Elle se planta devant lui et son regard, empli de douceur et de tendresse, le bouleversa.

— Cet incendie, c'est une terrible tragédie. Mais tu n'y es pour rien si Marina et Giannis y ont perdu la vie. Il y a quinze ans que tu te reproches un accident contre lequel tu ne pouvais rien. Il est temps d'apprendre à te pardonner. Dans ton intérêt et dans celui de ton fils.

Takis se mordit la lèvre. Les émotions qui montaient en lui étaient puissantes et contradictoires.

— Tu m'as demandé tout à l'heure quel père je serais. Le seul père que j'ai connu, c'est le monstre qui m'insultait et me battait. Quand j'ai essayé de tenir son rôle auprès de mon frère, je n'ai pas su être là à l'instant crucial, et Giannis est mort à l'âge de cinq ans. Alors, Lissa, je ne vois vraiment pas comment je pourrais garantir à mon propre enfant d'être un modèle pour lui.

— Tu n'es *pas* ton père, Takis. Je ne le crois pas une seconde. Et je pense que tu as été un grand frère idéal, et que tu seras aussi un papa formidable.

S'arrachant à son étreinte, Takis recula d'un pas.

— Qu'est-ce qui te fait dire ça ? Comment peux-tu le savoir ?

— Ce que nous pouvons faire, insista-t-elle avec douceur, c'est le découvrir ensemble. Reste avec moi. Nous apprendrons à mieux nous connaître, comme cette nuit. Pour notre fils. S'il te plaît.

Takis resta. Il n'avait pas le cran de la quitter une nouvelle fois. Chaque jour, Lissa l'étonnait, forçait son admiration. Sa femme possédait une grande sagesse et, loin de s'effrayer des zones ténébreuses de son cœur et des taches sur son passé, semblait les comprendre.

Ils vivaient désormais dans la villa de Santorin et consacraient chaque nuit à leur insatiable désir l'un de l'autre. Ils partageaient leurs repas, leur passion commune pour les romans, regardaient ensemble des films. Le week-end, ils faisaient l'amour, se baignaient, riaient et discutaient sur la plage où ils pique-niquaient en tête à tête. Dans la journée, en semaine, pendant que Takis travaillait à ses dossiers ou présidait une conférence en ligne, Lissa se concentrait sur le projet Aphrodite.

De temps à autre, Takis faisait un saut jusqu'à ses bureaux d'Athènes par hélicoptère, mais il rentrait toujours dans la soirée et, en touchant le sol, ouvrait les bras à Lissa. Elle traversait le parc à sa rencontre, joyeuse et fébrile… Il évitait alors avec soin de se demander d'où venait le sentiment de plénitude qui inondait sa poitrine.

Ce soir, ils se rendaient ensemble à un dîner avec l'ensemble de l'équipe d'architectes de Persée, afin de célébrer l'achèvement des plans décoratifs de l'Aphrodite. Lissa avait travaillé durant des mois à ses esquisses, avec l'aide de Zoé : désormais il ne restait plus aux deux femmes qu'à veiller au bon déroulement des travaux. Takis était extrêmement fier des grands portfolios de son épouse, exposés dans le hall d'accueil des bureaux du groupe. Le talent de Lissa était tel qu'il comptait lui proposer de se charger d'autres contrats pour lui. Jace, très impressionné, lui aussi, par les projets que Takis lui montrait, avait l'intention de recruter Lissa pour l'architecture intérieure d'un centre d'expositions.

Frappant à la porte de la chambre, il s'enquit :

— Tu es prête ?

N'obtenant pas de réponse, il entra, tout en repositionnant le nœud papillon qui écrasait sa pomme d'Adam.

Lorsqu'il la vit, il manqua s'étrangler et balbutia :

— Tu es… Tu as l'air d'une…

— D'une baleine ? suggéra-t-elle d'un ton désespéré.

Le bébé devait arriver dans six semaines. Raison pour laquelle ils ne rentreraient pas à Santorin, après le dîner : ils retournaient s'installer dans la maison d'Athènes, pour être à côté de la clinique. Takis tenait par-dessus tout à ce que, pendant les dernières semaines de grossesse, Lissa soit suivie de très près par les médecins.

Pour la consoler de ce déménagement, il avait une surprise pour elle. Devant son expression déconfite, il sourit.

— D'une déesse, corrigea-t-il en la couvant d'un regard adorateur.

Dans sa robe en lamé or au tomber impeccable, elle était rayonnante. Sa silhouette gracieuse se coulait en formes voluptueuses au niveau de la poitrine et des hanches, tout en soulignant la finesse de son cou, de ses bras et de ses longues jambes de sirène. Des sandales de cuir doré étaient lacées sur ses chevilles graciles, et son carré blond paraissait plus lumineux que jamais.

Takis remarquait combien elle aimait poser les mains sur son ventre. La mère de son fils ne ressemblait pas à la sienne : jamais elle n'abandonnerait son enfant.

— Tu es éblouissante, reprit-il en s'approchant pour l'embrasser.

Il avait furieusement envie d'elle, et comme il déposait une traînée de baisers ardents au creux de son cou, elle s'esclaffa :

— Il va falloir attendre notre retour, après le dîner, dans la villa d'Athènes… Nous sommes déjà en retard, non ?

— Zut, souffla-t-il en baissant les yeux sur sa montre. Tu as raison, je vais devoir patienter. Mais avant de partir…

Il sortit de sa poche l'écrin de velours et le lui tendit.

Les yeux brillants d'excitation, Lissa l'ouvrit.

— Oh ! Takis ! s'exclama-t-elle en découvrant la rivière de diamants et la paire de boucles d'oreilles assorties.

Ses grands yeux rencontrèrent les siens, et il la sentit émue.

— Ils te plaisent ? s'enquit-il.

— Et comment ! Ces bijoux sont magnifiques.

— Tant mieux. Parce que je les ai fait faire tout spécialement pour toi, dit-il en attachant le collier autour de son cou.

Devant le miroir de la coiffeuse, Lissa mit les boucles d'oreilles.

Les diamants, en forme de goutte, très simples, à la fois discrets et raffinés, soulignaient l'extraordinaire clarté de son teint. Il avait beaucoup de chance, pensa-t-il. Son épouse était brillante, intelligente, douée, compréhensive… et d'une beauté à damner un saint.

Leurs regards se rencontrèrent dans le miroir, et il sourit, surmontant la petite douleur de plus en plus familière, ces temps-ci, qui perçait sa cage thoracique. Là où il n'avait pas de cœur… Il savait que Lissa n'était pas parfaitement heureuse. Ce n'était pas seulement leur départ de Santorin qui l'attristait.

Elle ne s'était jamais plainte. Mais elle attendait, sans l'avouer, quelque chose qu'il ne saurait jamais lui donner.

— Allons-y, dit-il en lui offrant son bras. Ne soyons pas en retard pour ton triomphe.

La pire crainte de Lissa était que, dès leur retour dans la villa d'Athènes, Takis retrouve sa vieille habitude de passer tout son temps à ses bureaux. Ce n'était pas arrivé. Il continuait à travailler depuis la maison, à lui consacrer sa pleine attention. Durant plusieurs semaines, Lissa s'était satisfaite de cette nouvelle vie où ils étaient amants et amis.

Entre eux se tissait un lien indéfectible. Grâce à la confiance de Takis, Lissa n'était plus la jeune femme qui doutait d'elle et noyait son insécurité dans des fêtes trop arrosées. Diplômée, fière de la réussite de son premier contrat de décoratrice intérieure, elle était aussi une épouse impatiente de rencontrer son fils et de devenir mère.

Mais il lui manquait quelque chose. Quelque chose d'essentiel. Et elle savait qu'il le savait… Ce non-dit, entre eux, lui pesait de plus en plus. Un matin, elle trouva enfin le courage de crever l'abcès. Takis sortait de la douche et venait de s'installer en face d'elle dans la cuisine pour le petit déjeuner. Elle arrima son regard au sien.

— J'ai quelque chose à te dire, annonça-t-elle. Je crois que je suis en train de tomber amoureuse de toi.

Son mari resta impassible, mais elle sentit l'atmosphère se charger d'une tension à couper au couteau. Le cœur lourd, elle attendit une longue minute avant qu'il ne se décide à prendre la parole.

— Nous allons oublier l'un comme l'autre ce que tu viens de dire, décréta-t-il d'un ton sans réplique.

Lissa le dévisagea avec incrédulité.

— Pourquoi tout compliquer ? reprit-il avec plus de douceur. Je te respecte, j'admire tes nombreux talents, nous formons un tandem aussi accompli dans une chambre à coucher qu'au travail… Et quand tu considéreras le moment venu, après la naissance du bébé, j'espère que tu accepteras de diriger le département de décoration intérieure de Persée.

Lissa resta songeuse un moment. Sans répondre, elle fit mine de chercher un pot de confiture et lui tourna le dos pour ravaler ses larmes.

Takis était un homme complexe, dévoré par son propre passé. Avec de la patience, elle parvenait à l'inciter à s'ouvrir : il lui avait fallu beaucoup de temps pour entendre ses confidences à propos de son enfance, de son père et de son frère. Ses blessures cicatrisaient mal, parce qu'il les gardait pour lui. Durant quinze ans, il n'avait rien dit à personne du drame qui avait ravagé sa famille. Même Jace ignorait l'existence de Giannis. Lissa était la seule dépositaire de ce secret. Est-ce que ce n'était pas la preuve d'une immense confiance ? D'un lien profond entre eux ?

Sans doute. Mais combien de temps devrait-elle patienter avant de reprendre la conversation qu'il venait de rejeter ?

— Avale ton thé, lança-t-il avec entrain. Je t'emmène visiter l'Acropole. Ça te plairait ?

— Oh oui ! Volontiers, dit-elle en revenant à table pour finir sa tasse.

Son dos lui faisait si mal qu'elle ne put réprimer une grimace.

— Qu'est-ce que tu as ? s'enquit-il en la dévisageant avec inquiétude.

— Ce n'est rien…

Une nouvelle douleur la transperça.

— Lissa ! s'alarma-t-il en faisant le tour de la table pour la soutenir. Tu es toute blême…

Ce n'était pas possible, pensa-t-elle. C'était juste son dos. Ou une simple contraction – mais pas le début de l'accouchement. Il restait six semaines !

— Je t'emmène à la clinique, annonça-t-il en attrapant les clés de la voiture et en enfilant une veste.

— C'est absurde. Je ne peux pas… Aïe !

— Viens, coupa-t-il avec autorité, glissant son bras puissant autour de sa taille. Je téléphonerai à ton obstétricien pendant le trajet.

— J'ai peur, admit-elle en levant vers lui un regard égaré. Il est beaucoup trop tôt. Il ne peut pas naître maintenant !

— Il n'y a aucune raison de paniquer. Respire lentement. Tout ira bien, promit-il.

Lissa aurait voulu le croire. Mais l'homme qui prononçait ces mots lui avait renvoyé ses sentiments au visage. Et en cet instant, jamais elle ne s'était sentie si seule.

13.

Takis fixait la couveuse dans laquelle son fils dormait, harnaché à des tuyaux et à des machines affichant toutes sortes de chiffres.

Difficile de croire qu'un si minuscule être humain pourrait survivre, et il se reprocha encore la naissance prématurée d'Elias. Cette satanée conversation, au matin, dans la cuisine…

Il l'avait bouleversée. Parce qu'il n'était pas capable de lui donner ce dont elle avait besoin : de l'amour. Lissa méritait mieux que lui.

Elias aussi, songea-t-il. Les cheveux noirs du nourrisson lui rappelaient ceux de Giannis à sa naissance. Theos ! Takis n'avait jamais voulu d'enfant, et il était père. Père d'un bébé si fragile, si vulnérable qu'il en était terrifié.

Conformément à sa promesse, il veillerait à ce que son fils ne manque jamais de rien. Mais Lissa lui avait demandé davantage : elle exigeait qu'il aime le petit…

Il ne pouvait pas. Il n'osait pas. « Je veux savoir quel genre de pères tu vas être », avait-elle interrogé.

Sur le moment, il n'avait su que répondre. Désormais, la réponse semblait limpide.

Le père d'Elias était un lâche.

En rentrant à la maison, Takis déposa sur la table de l'entrée le bouquet de fleurs qu'il venait d'acheter. Un calumet de la paix, afin de faire tomber la tension entre Lissa et lui. Deux mois s'étaient écoulés depuis l'accouchement et, ces derniers temps, elle paraissait malheureuse. Nul besoin d'en chercher la raison très loin : c'était à cause de lui.

Elle ne comprenait pas qu'il s'abîme dans le travail au point de passer parfois la nuit dans ses bureaux. Il lui arrivait de ne pas revenir chez eux durant près de trois jours. Le week-end, il se claquemurait dans la pièce où il tenait ses conférences à distance avec ses cadres.

Non, de toute évidence, elle ne comprenait pas que c'était elle qu'il protégeait. Elle et leur enfant. Si ce qu'elle lui avait dit était vrai, le matin de l'accouchement, elle était en danger. Elle devenait trop dépendante de lui.

Passant devant la chambre du bébé, il y entra discrètement. Elias dormait comme un ange, dans son berceau… Terrifié, Takis sortit très vite. L'enfant ressemblait tellement à Giannis !

Quant à Lissa, depuis qu'Elias avait été autorisé à les rejoindre à la maison, elle dormait dans la pièce attenante. Seule.

Il la croyait là, à faire un somme avant le dîner, et s'étonna de ne pas la trouver. Enfin, après avoir fait le tour de la villa, il l'aperçut dans l'entrebâillement de la porte.

— Qu'est-ce que tu fais ? interrogea-t-il en pénétrant dans ce qui avait été leur chambre, avant de devenir la sienne.

— Tiens, tu rentres tôt, observa-t-elle. C'est une surprise.

Juchée sur un tabouret devant un placard, elle lui tournait le dos. Il ne put s'empêcher d'admirer sa silhouette de liane. Comment avait-elle réussi à retrouver des mensurations de mannequin si peu de temps après avoir accouché ? Moulée dans un jean et un simple T-shirt, elle était infiniment désirable. Il sentit son érection le gêner. Il y avait si longtemps qu'ils n'avaient pas fait l'amour…

Parfois, lorsqu'il partageait un repas avec elle, elle tournait vers lui son regard myosotis, et il y discernait la flamme du désir. Comme si elle avait envie de lui. Mais non. Il rêvait. C'était impossible.

Revenant à l'instant présent Takis fronça les sourcils en apercevant une valise ouverte sur le lit. Les piles de linge que la jeune femme prenait dans le placard s'y retrouvaient sagement rangées l'une après l'autre…

Ignorant la coulée acide dans son estomac, il s'efforça de demander d'un ton froid :

— Qu'est-ce qui se passe ?

— Ma sœur m'a invitée à passer quelque temps chez Jace et elle, à Thessalonique. Ce sera bien qu'Elias rencontre sa cousine, et j'ai hâte de revoir ma nièce. Mon beau-frère m'envoie son jet privé.

Takis éprouva un intense soulagement à cette annonce.

— Ah ! Tu aurais dû m'en parler, je me serais chargé de ton voyage. Tu dois être heureuse de cette occasion de vous retrouver entre sœurs, non ?

— Oui, acquiesça-t-elle sèchement en fermant le zip de la valise. Et dès mon retour à Athènes, je demande le divorce.

Takis déglutit lentement. Il avait l'impression de recevoir un seau d'eau glacé sur la tête.

— Je ne comprends pas, *koúkla mou*, murmura-t-il avec prudence.

— Je t'interdis de m'appeler ainsi ! s'offusqua-t-elle en faisant volte-face. Je ne suis pas ta poupée. Toi et moi, nous savons très bien que je ne suis d'ailleurs plus rien du tout, pour toi !

Furieuse, elle fit quelques pas vers lui et poursuivit :

— Je peux supporter ton indifférence quand elle n'est réservée qu'à moi, Takis. Mais elle englobe désormais ton fils. Elias ne grandira pas en se demandant pourquoi son papa ne veut jamais le voir, pourquoi il ne l'aime pas ! Je t'ai toujours dit que je ne le permettrais pas. Alors je rentre en Angleterre. J'ai trouvé du travail et si tout fonctionne comme prévu, tu n'entendras plus jamais parler de nous.

Takis blêmit. Les murs de sa forteresse se fissuraient de toutes parts et la force des boulets de canons annonçait un effondrement imminent.

— Ce… Ce n'est pas notre accord, observa-t-il maladroitement.

— Je m'en fiche. Il ne fonctionne plus pour moi, répliqua-t-elle en haussant les épaules.

Une peu inconnue courait à toute vitesse dans ses artères, et il s'approcha pour plaider :

— Dis-moi ce que tu attends de moi pour que ça fonctionne.

Il se sentait malade. La nausée le gagnait à la perspective que Lissa le quitte. Il voyait des larmes briller dans les yeux de sa femme, mais la détermination se peignait sur chacun de ses traits. Elle avait apparemment mûri sa décision.

— Ce que j'attends de toi ? Que tu m'aimes. Et nous savons que cela n'arrivera pas.

— Mais… Nous trouverons une solution. Il en existe forcément une.

— Laquelle ? défia-t-elle. Je suis amoureuse de toi, ça me déchire au-dedans, que tu ne me rendes pas cet amour. Je comprends pourquoi tu t'es protégé de toute forme de sentiment après la mort de Giannis, je conçois que tu aies eu besoin de te cadenasser sous une énorme carapace… Mais un autre petit garçon a besoin de toi, Takis, et c'est ton fils. Tu ignores Elias depuis qu'il est né, et j'ai le cœur brisé de voir mon enfant privé de son père en sa présence ! Ce rejet ne peut que lui causer beaucoup de mal. Il mérite mieux. Et moi aussi, je mérite mieux qu'un mariage de papier !

Impressionné par la justesse implacable de chacun de ses mots, Takis se sentait malgré lui admiratif. Sa femme défendait leur fils comme une tigresse.

— Je vais chercher le siège bébé, reprit-elle en quittant la chambre. Elias fait sa sieste, mais dès qu'il sera réveillé et qu'il aura pris son biberon, un taxi nous conduira à l'aéroport.

Telle une tornade, elle disparut, et Takis se prit la tête dans les mains. Qu'avait-il fait, bon sang, qu'avait-il fait ? Tout était sa faute. Elle avait raison.

Errant dans l'appartement, il retourna dans la chambre de son fils. Le bébé était réveillé. Et lorsqu'il leva vers lui ses immenses yeux bleus, Takis sentit son cœur se fendre. De tendresse, d'émotion. D'amour.

Le cœur qu'il avait cru mort et incinéré dans la maison de son enfance…

— Je… Je n'ai pas osé m'occuper de toi parce que j'avais peur, avoua-t-il en se penchant au-dessus du petit. J'avais tellement peur de commettre une erreur fatale ! Te laisser tomber, ou bien t'étouffer en te serrant trop fort contre moi, je ne sais pas. Peur d'être ton papa. Je ne sais pas comment être un père, Elias. Mais je te promets d'apprendre. Et je te jure que je vais vous aimer, vous donner tout mon amour, à ta maman et à toi. Toujours.

Comme le bébé agitait ses petits bras, il le souleva délicatement et huma le parfum de ses cheveux. Il était si menu. Si délicat. Et au lieu de se laisser déborder par sa terreur, Takis permit à un autre sentiment de prendre le dessus. L'amour qu'il éprouvait pour ce petit être qui avait tant besoin de lui.

Tout doucement, il déposa des baisers sur le front et les joues d'Elias. Le bébé se mit à rire.

— Ne te moque pas de moi, chuchota-t-il. Ton père n'est pas très malin, mais ta mère est une femme d'une grande sagesse. Et d'une grande beauté. Tu as ses yeux.

Comme la porte grinçait, il se retourna et vit surgir Maria, la nourrice.

— Vous voulez lui donner son biberon ? suggéra-t-elle en souriant.

C'était une excellente idée. La prochaine fois, pensa-t-il. Pour le moment, il avait une affaire urgente à régler avec la mère d'Elias.

— Je vous laisse faire, répondit-il. Je dois voir ma femme tout de suite.

Quand Lissa revint dans la chambre avec le siège auto, elle s'immobilisa tout net. Takis était en train de *défaire sa valise* !

Muette de stupeur, elle sentait déjà la colère monter en elle lorsqu'elle s'aperçut qu'il avait les yeux rouges.

Il avait pleuré ? *Takis* ? *Son mari* ? Dès qu'il la vit, il vint à sa rencontre pour tomber à genoux devant elle.

— Je… Qu'est-ce que tu fais, exactement, Takis ? demanda-t-elle, le cœur battant sur un rythme frénétique.

— Je t'aime.

Les mots qu'elle avait toujours voulu entendre sortaient de sa bouche, oui, mais… Sans préambule. D'un trait. Comme par enchantement. C'était un peu trop beau. Rêvait-elle ?

— Non, souffla-t-elle au prix d'un immense effort. Je ne te crois pas. Et si c'est un jeu, il est vraiment cruel, Takis.

D'un geste rageur, elle passa une main sur sa joue et s'aperçut que son visage était trempé de larmes. Takis se releva pour plonger son regard dans le sien. Un regard si intense, si clair, si… différent ! Comme s'il se réveillait d'un long sommeil.

— J'ai su que j'allais avoir de graves ennuis dès que

je t'ai vue, à la mairie, au mariage de Jace, reprit-il en essuyant doucement une larme qui lui perlait au coin de l'œil.

Ce contact la fit frémir. Il y avait si longtemps qu'elle n'avait pas senti ses caresses ! Là, maintenant, il se tenait tellement près d'elle qu'elle sentait son parfum la griser.

— Je n'ai jamais raffolé des cérémonies, mais quand Jace m'a prié de lui servir de témoin, je n'ai pas pu refuser. Tous les regards étaient braqués sur ta sœur. Sur la mariée. Pas le mien. Tu m'as subjugué, Lissa.

La gorge nouée, elle ne parvenait plus à respirer. Suspendue à ses lèvres, elle écoutait ces paroles qu'elle n'aurait jamais cru finir par entendre un jour.

— Et tu as pris mon cœur. Car j'en ai un. Je suis tombé fou amoureux de toi, et pour ne pas le voir, pour ne pas l'admettre, j'ai décidé que le mariage serait la meilleure solution.

— Et ma grossesse ? rappela-t-elle. C'était un énorme problème…

— Lissa, je ne pensais pas avoir le droit d'être heureux. J'ai longtemps cru que c'était l'amour que je portais à Giannis qui l'avait tué. C'est toi qui l'as compris bien avant moi : mon frère est mort dans un incendie, et les sentiments que nous avions l'un pour l'autre n'ont rien à voir avec cette tragédie. Il m'a seulement fallu un peu trop de temps pour l'admettre. Mais ça y est. Cette page est tournée. Aujourd'hui, *agapi mou*, je sais ce que j'éprouve pour toi. Je sens tout l'amour que tu m'inspires palpiter dans mon cœur. Il t'appartient.

— Oh ! Takis…

Bouleversée, elle ne savait que dire.

— Si je te le demande à genoux, enchaîna-t-il, m'accorderas-tu une seconde chance ?

— Je… Je ne peux pas, balbutia-t-elle. Ce ne serait

pas juste pour Elias. Tu ne peux pas me demander de le regarder grandir auprès d'un père qui ne l'aime pas.

— Mais j'adore notre fils ! opposa-t-il avec force. Et moi aussi, je veux qu'il grandisse en étant assuré d'être aimé par son père comme par sa mère !

L'émotion était trop forte. Elle fondit en sanglots et le laissa l'attirer au creux de ses bras, tandis qu'elle recouvrait ses esprits.

— Je m'en veux de t'avoir causé tant de chagrin, mon ange, murmura-t-il contre son front. Je donnerais tout ce que je possède contre l'espoir que tu me pardonnes un jour. Et pour croire que je peux regagner ton amour…

— Oh ! Takis, tu ne l'as pas perdu, répondit-elle en l'embrassant. Je t'aime.

Il lui rendit son baiser avec une infinie tendresse et la fit basculer sur le lit.

— Vous êtes tout pour moi, chuchota-t-il. Toi et Elias. *Tout*. Je t'aime, Lissa.

Une semaine plus tard, l'hélicoptère survolait Santorin mais, au lieu de se poser à la villa, il atterrit sur l'héliport de l'Aphrodite. L'hôtel n'ayant pas encore ouvert ses portes au public, Lissa fut étonnée de discerner plusieurs voitures sur le parking.

— Maria va emmener Elias faire sa sieste, déclara Takis en sortant lui-même le bébé de l'appareil, comme ils parvenaient devant l'ascenseur.

— Il se passe quelque chose, ici, aujourd'hui ? s'enquit Lissa.

— Oui. Le premier mariage de l'Aphrodite, répondit-il.

Il lui prit la main et la conduisit dans la salle des mariages. Lissa porta une main à sa bouche en découvrant, sur les somptueuses tables en bois exotique drapées de lin, des bouteilles de champagne, des bouquets de roses de toutes les nuances d'une palette pastel, des vases emplis de lavande et de romarin, identiques à ses dessins.

Sur la terrasse, des fauteuils étaient alignés sous une arche couverte de lauriers roses, face à un ciel et à une mer couleur saphir.

Le même bleu que la pierre de la bague de fiançailles qui brillait à son annulaire, à côté de son alliance.

— J'espère n'avoir rien oublié, souffla Takis. J'ai suivi à la lettre tous tes dessins de cérémonie.

— C'est formidable, mais c'est à la mariée qu'il faut poser cette question, répondit-elle d'un ton admiratif. Où est-elle ?

— Devant moi, si elle accepte de m'épouser, répondit-il en s'agenouillant à ses pieds. Tu veux bien, Lissa *mou* ? Ici, aujourd'hui, devant notre famille et nos amis, me laisser te promettre de t'aimer jusqu'à ce que la mort nous sépare ?

— Mais… Mais Takis, nous sommes déjà mariés, balbutia-t-elle, éberluée.

— Rien ne nous empêche de renouveler nos consentements. J'ai pensé que cette célébration te plairait.

— Oh ! je t'aime tellement ! répondit-elle, le cœur débordant de joie, en se jetant dans ses bras.

— Moi aussi, je t'aime, répondit-il avant de lui rendre son baiser avec dévotion.

— Je n'arrive pas à y croire… Nous allons vraiment être les premiers mariés de l'Aphrodite ? Et la famille est là ?

Il acquiesça.

— Ta sœur, ton frère, Zoé, l'équipe du Francine's… Tout le monde. Eleanor s'est chargée de ta robe et t'attend pour t'aider à t'habiller et te coiffer. Nous avons tout notre temps : nous sommes chez nous, le mariage sera célébré quand tu seras prête. Et ce soir, nous étrennerons la suite nuptiale et sa piscine privée pour notre lune de miel.

Comme il lui coulait une œillade explicite, elle sentit une onde de désir la traverser.

— Je n'ai pas emporté de maillot de bain, répondit-elle.

— Moi non plus, avoua-t-il en déposant un baiser ardent au creux de son cou.

Le repas de noces fut un immense chahut, où les cris de joie, les rires et les babillages des bébés fusèrent, entre les tintements des coupes de champagne.

Au crépuscule, Takis poussa le landau de son fils sous un cèdre, au calme, pour que l'enfant s'endorme en toute quiétude. Jace le rejoignit, sa fille dans les bras.

Les deux amis échangèrent un sourire complice.

— Tu te rappelles, quand nous jurions que nous ne passerions jamais par la case mariage, et que nous n'aurions jamais d'enfants ? demanda Jace. Que nous est-il arrivé ?

— L'amour, répondit Takis. C'est vrai, toi et moi, nous avons parcouru un sacré chemin, mon vieux. Qui aurait cru que nous ferions des pères de famille comblés ?

— Certainement pas moi. Mais je n'ai aucun regret. Et toi ?

— Moi ? Je suis l'homme le plus chanceux de la terre, affirma Takis.

Baissant les yeux sur le visage endormi de son fils, il sentit son cœur déborder d'amour. Du coin de l'œil, il observa les gestes gracieux de sa femme, d'une beauté ravageuse dans sa robe en broderie anglaise ivoire.

Elle était sa joie et sa fierté. Son bonheur.

— Oh non ! reprit-il en riant. Aucun regret !

Vous avez aimé *Neuf mois avec un Apollon* ?
Retrouvez en numérique l'histoire d'Eleanor Buchanan dans *Trahie par son fiancé* de Chantelle Shaw.

1. *Trahie par son fiancé*
2. *Neuf mois avec un Apollon*

Retrouvez prochainement, dans votre collection

AZUR

L'assistante d'un Grec, de Carol Marinelli - N°4488

Être l'assistante de Galen Pallas durant six semaines ? Pour Roula, la proposition est d'autant plus tentante qu'elle admire l'homme d'affaires. Parti de rien, le génie de la high-tech a bâti un empire ! Seulement, même si tous deux ont grandi sur l'île grecque d'Anapliro, ils n'ont rien en commun. Sauront-ils marier leurs caractères pour collaborer comme il se doit, et surtout faire taire le désir qui brûle entre eux ?

Une innocente sous les projecteurs, de Melanie Milburne - N°4489

Jamais Elizabeth n'aurait dû accepter de se faire passer pour sa jumelle le temps d'un week-end dans le château de Crannochbrae, en Écosse. Qui croirait un seul instant qu'elle est une mannequin lingerie, elle, la timide bibliothécaire ? Face à Mack McDiarmid, le maître des lieux, elle se sent mise à nu. Aurait-il compris d'un seul regard qu'elle n'est pas celle qu'elle prétend ? Alors qu'elle devrait garder ses distances avec lui, Elizabeth se surprend à défier cet homme qui lui témoigne sa méfiance…

L'escapade d'une princesse, d'Annie West - N°4490

Un pion sur l'échiquier de la dynastie, voilà ce qu'est la princesse Ilsa d'Altbourg. Depuis toujours, elle accomplit son devoir royal, assume son rôle d'ambassadrice, dans l'intérêt de son pays et de ses sujets – mais sans jamais penser à elle. Or aujourd'hui elle a besoin d'échapper à ses responsabilités pour vivre, tout simplement. Aussi, quand Noah Carson, l'irrésistible milliardaire qu'elle vient de rencontrer, lui propose une croisière en sa compagnie accepte-t-elle de le suivre pour ce voyage sur les rives du désir…

La proposition d'un Irlandais, de Heidi Rice - N°4491

Embauchée par Conall O'Riordan pour organiser le mariage de sa sœur, Katherine écoute avec stupeur ses exigences. Et dire que durant leur séjour en tête à tête au château de Kildaragh, où aura lieu la réception, elle devra supporter cet homme tyrannique ! Résolue à ne pas se laisser distraire par son physique d'apollon et son aura de virilité, Katie fait son possible pour garder la raison et le contrôle de ses émotions. Car, elle le sait, on ne mélange jamais travail et plaisir…

Une tendre confession, de Julia James - N°4492

Enceinte. La nouvelle est un choc pour Alys, car le bébé qui grandit en elle est celui du sublime inconnu dans les bras duquel elle s'est abandonnée un soir de solitude... Sitôt qu'elle révèle par courrier son état à Nikos Drakis, celui-ci exige qu'elle l'accompagne dans sa villa grecque. Et sur place Alys doit se rendre à l'évidence : l'homme qui lui a fait perdre la tête l'attire toujours autant, même s'il ne lui cache pas son hostilité et son ambition de réclamer son héritier !

L'épouse de Jin Zhang, d'Andrea Bolter - N°4493

Créatrice de mode en herbe, Mimi aime depuis toujours Jin Zhang, le meilleur ami de son frère. Lorsque ce dernier a besoin de son aide pour sauver le label Haute couture de sa famille, il offre soudain à Mimi tout ce dont elle rêve : un travail *et* la chance d'être son épouse ! Si elle accepte avec bonheur cette union de convenance, Mimi ne peut s'empêcher d'espérer qu'elle évolue vers un mariage d'amour...

**L'héritier d'Apollo Drakos,
de Jennifer Faye - N°4494**

Par amour, Popi a accepté d'être mère porteuse pour sa sœur et son beau-frère. Hélas, quand les futurs parents disparaissent subitement, elle se voit obligée d'élever le bébé seule. En tout cas, c'est ce qu'elle croit jusqu'à ce qu'Apollo Drakos, l'oncle de l'enfant, vienne sur l'île de l'Éternité lui réclamer sa garde ! Malgré leur désaccord et pour le bien du bébé, tous deux tentent de s'entendre, tout en ignorant l'attirance qui grandit entre eux et qui pourrait mettre à mal ce fragile équilibre...

La tentation du Costa Rica, de Pippa Roscoe - N°4495

SÉRIE : *PRÉCIEUX HÉRITAGE* - 1/3

Pour hériter de la propriété familiale, Skye Soames doit retrouver... des diamants disparus ! Un défi qui la mène bientôt chez le milliardaire Benoît Chalendar, installé dans la forêt tropicale du Costa Rica. Celui-ci accepte de l'aider dans sa quête, mais à la condition qu'elle l'épouse ! Auprès de lui, Skye découvre une faune exceptionnelle, des cascades – l'aventure ! Et aussi le frisson du désir...

La brûlure d'une vengeance, d'Abby Green - N°4496

SÉRIE : *NUITS D'ÉTÉ* - 2/2

Zachary Temple n'a pas oublié les grands yeux bleus d'Ashling Doyle, ni la façon dont elle a tenté de ruiner sa carrière. Quatre ans plus tôt, sans même le connaître, elle l'a humilié publiquement en se faisant passer pour l'une de ses conquêtes ! Aujourd'hui que le hasard l'a remise sur son chemin, il n'a qu'une envie : se venger d'elle. Mais l'attrait puissant qu'il éprouve pour Ashling l'invite à se demander s'il ne pourrait pas d'abord la mettre dans son lit…

Dans le lit d'un roi, de Maya Blake - N°4497

Voilà un an que le roi Lucca est hanté par la douce Delphine, qui a subitement disparu de sa vie et de son lit. Maintenant qu'il est parvenu à la retrouver, il espère la convaincre d'adhérer à son plan. Afin de faire oublier le scandale qui entoure la famille de Lucca, tous deux devront jouer ensemble la comédie de l'amour devant les médias avides de romance ! Et qui sait, en se rapprochant de Delphine, Lucca découvrira peut-être enfin la raison pour laquelle elle est partie…

Le serment d'un été, de Catherine George - N°4498

Devant la loi, Alicia est toujours l'épouse de Francesco da Luca. Et dans son cœur aussi… Toutefois, elle sait à quoi s'en tenir : le bel Italien qui l'a envoûtée, huit ans plus tôt, n'existe plus. Il a été remplacé par un homme froid et arrogant qui l'a méprisée tout au long de leur vie commune, avant qu'elle décide de s'enfuir. Un homme qui lui demande, aujourd'hui, de revenir à Montedaluca pour régler une question d'héritage. Cette perspective glace Alicia, mais n'est-il pas temps, enfin, de faire une croix sur le passé et de rayer de sa mémoire le seul homme qu'elle ait jamais aimé ?